인생은 마카롱처럼

인생은 마카롱처럼

세상 어디에도 없는 잇다롱 이야기

주한주 지음

ⓒ 현암사

차례

PART 2

안녕하세요, 잇다제과입니다

차례

PART 3
다정한 디저트 탐구생활

PART 4

새로운 챕터를 시작하다

마카롱 같은 순간들을 기다리며

이 글을 처음 시작했던 몇 년 전, 나는 어쩌면 약간의 오만과 자신감으로 차 있었던 것 같다. 그래서 '여러분 저는 행복하고 제 일에 너무도 만족 중입니다'라는 말을 하고 싶어 했던 게 아닐까 싶다.

하지만 글을 쓰기 시작하고 얼마간의 시간이 흐른 뒤에는 우리 인생에는 어떤 답도 없다는 생각이 들었다. 나뿐 아니라 많은 사람들이 내가 지금 잘 살고 있는 걸까 하는 고민 속에 살아가고 또 불안한 마음으로 내일을 이어갈 것이다.

지금의 나는 '저도 그래요. 그래도 행복하고 싶고 행복해지려고 이 일을 해요'라고 말하고 싶다. 2018년 1월에 가게를 그만두고 약 1년간 쉬는 시간을 가졌다. 그동안 원 없이 쉬고 여행을 다니면서 무척 많은 생각을 했다.

제2의 일을 생각하기 전에 해보고 싶은 것을 해보자는 마음으로 엄마와 궁중병과 연구원을 다녔다. 첫날, 한 명씩 일어나서 자기소개를 하고 여기에 왜 왔는지 말하는 시간이 있었다.

"안녕하세요. 주한주입니다. 남양주시에서 왔어요. 제과점을 운영하다가 지금 잠시 쉬고 있습니다. 여기에서 많은 배움을 얻어 가고 싶어요."

내가 앉고 엄마가 일어나서 자기소개를 했다.

"안녕하세요. 저도 딸이랑 어떻게 기회가 돼서 떡을 배우러 왔습니다. 저는 이곳에서 병과를 배워서 나눠주고 같이 먹으며 행복하려고 왔어요. 행복해지고 싶어서 떡을 배우려고 합니다."

이 말을 들었던 순간엔 별생각이 없었다. 그런데 요즘 들어 또다시 어떤 일에 힘들고 지치면 '이건 누가 내게 강요해서 하는 게 아니잖아. 내가 하고 싶어 하는 일을 내가 선택해서 하는데, 행복해지려고 하는 건데 좋은 마음을 가지려고 해보자'라는 생각이 든다.

어떤 일이든 쉽지 않다. 심지어는 쉬는 것조차 쉽지 않았다. 내일에 대한 걱정, 불안함, 그리고 나에 대한 불신. 시시

때때로 바뀌는 시간의 색 속에서 중심을 잡아보려 노력하지만 마음처럼 잘되진 않는다. 가끔은 스트레스를 너무 받아서 며칠씩 잠을 못 자기도 한다.

그래도 그런 시간들이 있었기에 지금 기쁨을 느끼는 시간도 온 거라는 생각이 든다. 인생은 마카롱처럼 여러 가지 색을 띠고 제대로 만들어내기 결코 쉽지 않고 자주 망가지지만, 그래도 잘 만들어진 달콤한 마카롱처럼 그 맛을 볼 때면 그 모든 괴로움을 잊을 수 있다.

내일도 또 새로운 마카롱을 만들어야 하고, 어디선가 문제가 생길 수도 있지만, 잘될 거라는 생각으로 나를 믿고 가려 한다. 우리 인생이 늘 성공의 연속일 수는 없지만, 그래도 노력하다 보면 마카롱 같은 순간들이 올 것이기에.

이 책을 내는 것을 제안하고 도와주신 현암사의 여러분들께 감사드린다.

일을 하는 동안에도 일을 어렵게 쉬기로 결정을 했을 때도 항상 옆에서 응원해주고 믿어주신 부모님께 감사드린다.

마지막으로 잇다제과를 믿고 찾아주시는 모든 손님들께, 그리고 이 책을 읽어주시는 독자분들께 깊은 감사의 마음을 전한다.

PART 1

어쩌다 마카롱,
어쩌면 잘할지도

함부로, 기꺼이, 베이킹에 빠져들다

어쩌다가 베이킹을 하게 되었을까? 사실 나는 제과와는 전혀 상관이 없는 사람이었다. 그림을 좋아해서 중학교 때부터 미술학원을 다녔고, 자연스럽게 미대에 가고 싶었다. 지금 생각해보면 원래 가고 싶어 했던 회화과를 갔으면 지금과는 다른 길을 갔을 수도 있겠다 싶지만, 고3 때는 졸업 후 취직을 해야 하니까 디자인과를 가야겠다는 생각이 들었다. 그때만 해도 나는 순수미술은 작가가 되는 길이고, 취직을 하려면 디자인 관련 과를 가야 한다고 생각했다.

디자인학부에서 전공을 정할 시기가 왔을 때, 나는 패션 디자인과를 선택했다. 어릴 때부터 옷을 좋아했기 때문에 패션계에서 일하고 싶었다. 그런데 막상 전공으로 삼아 옷을 배워보니, 옷 만드는 것에 크게 흥미가 생기지 않았다. 용돈 벌이 겸 취미로 동대문에서 재료를 사다가 팔찌를 만들어 팔았는데 그 일이 나에게 훨씬 잘 맞았다. 만든 팔찌를 플리마켓에서도, 길거리에서도 팔았다. 펜던트도 손수 그려서 판매하고 싸이월드 클럽사이트를 만들어 운영하는 데 맛이 들려, 학교에서 재미없는 수업을 듣는 동안 이번 주는 어디로 갈까 무슨 디자인을 해야 잘 팔릴까 하는 생각만 골똘히 하곤 했다. 우리 부모님은 내가 어릴 때부터 음식 장사를 하셨다. 너무 힘들어하시는 모습에 나는 장사는 하지 말아야지 다짐했었는데, 어느 순간 나 역시 이미 장사를 하고 있었고 장사를 잘하기 위해 끊임없이 연구하고 있었다.

나는 한 가지에 빠지면 당장 해야 하는 일도 제쳐두고 푹 빠지는 사람이다. 취미가 정말 많았다. 뜨개질, 자수, 액세서리 만들기, 빈티지 천이나 단추, 원피스를 모으기 등. 그중 마지막에 자리 잡은 취미가 베이킹이었다.

누구에게나 어렸을 때를 생각하면 대표적으로 떠오르는 추억이 있을 것이다. 나에게도 강렬하게 기억되는 장면이 하나 있는데, 바로 엄마가 케이크를 직접 구워주신 일이다. 케이크를 배우지 않았던 엄마가 어디선가 귀여운 곰돌이 틀을 사 오셔서는, 친척 몇 분이 놀러 오셨을 때 빵을 구우셨다. 폭신한 스펀지케이크에 촉촉한 생크림을 올려 먹었던 기억이 생생하다.

그런 엄마가 내가 대학에 들어갔을 무렵부터 빵을 배워보지 않겠냐고 권유하셨다. 제과란 생각조차 안 했던 분야고 학교 다니기도 너무 바빴던 나는 엄마 말씀을 한 귀로 듣고 흘려보냈다.

그러던 어느 날 집 창고방에서 수업 재료로 쓸 천을 찾고 있었다. 잡다하게 쌓인 짐들을 뒤적거리는데 갑자기 눈앞에 어린 시절 엄마가 빵을 구워주셨던 그 곰돌이 틀이 나타났다. 그날 엄마가 구워주셨던 보드랍고 달콤했던 케이크…… . 그 장면을 떠올리는 것만으로도 기분이 좋아지고 행복해지는 느낌이었다.

'나도 그런 케이크를 한번 만들어보면 어떨까?'

문득 이런 생각이 떠올랐다. 곧바로 친구에게 문자를 보냈다. 언젠가 수다를 떨다가 빵을 만든 이야기를 한 적 있는 친구였다.

'나 빵을 좀 만들어볼까 하는데. 너 간단한 거 만들어본 적 있지?'

'응 스콘 같은 건 쉬워. 한번 만들어봐. 재밌던데.'

'어떤 레시피로 만들었어?'

'그냥 서점에서 가장 인기 많던 게 김영모 제과 레시피라서 그거

친구와 통화를 끝내고 곧바로 서점에 가서 그 책을 샀다. 가장 간단한 스콘부터 구워보기로 했다. 슈퍼에서 버터와 박력분 등의 재료를 구입했다. 책을 보면서 분량대로 밀가루와 버터를 넣고 반죽을 한 뒤 집에서 안 쓰던 빌트인 오븐을 예열하고 시간을 맞춰놓고 기다렸다. 드디어 시간이 다 되고, 노릇노릇 구워진 스콘을 꺼냈다. 나의 첫 베이킹! 맛은 어떨까? 색과 모양은 책의 사진과 유사했고 향도 나쁘지 않은 듯했다. 두근두근한 마음으로 한 입 먹었는데, 이런, 맛이 없었다. 너무 너무 맛이 없었다. 슈퍼에서 파는 퍽퍽한 빵 같은, 누가 줘도 안 먹을 것 같은 맛이었다.

아마 내 베이킹 인생은 거기서부터였을 것이다. 맛이 없으니 맛있게 만들고 싶다는 욕심이 생겼다. 나는 온갖 스콘들을 레시피별로 다 만들어보기 시작했다. 왜 별로였을까, 이유가 있을 텐데……. 비율도 비교해보고 재료도 비교해보며 여러 가지 방법으로 만들어봤던 것이 그때부터 이어진 내 베이킹 일기의 도입부가 되었다. 스콘을 만들고 나니 쿠키도 만들고 싶고, 쿠키를 만드니 케이크도 만들고 싶었다. 만들어서 소중한 사람한테 선물도 하고, 만든 과자에 대해 이야기도 나누고 싶었다.

알록달록 마카롱, 너는 누구니?

제과에 대한 애정이 쌓여가자 좀 더 구체적으로 배우고 싶어졌다. 그때가 대학교 2학년 여름방학이었다. 보통 친구들은 취업 준비를 하기 시작할 때다. 그런데 내 머릿속은 온통 베이킹 생각뿐이었다. 제과제빵 수업을 듣고 싶어 방학만 기다렸고, 거의 두 달 내내 남양주에서 종로까지 학원을 다녔다. 기본적인 방법을 배우자 이제는 웬만한 레시피북은 읽고 만들 수 있다는 자신감과 함께 만족감이 느껴졌다.

　내가 들은 수업은 자격증 반이었지만 난 자격증엔 관심이 없었다. 이 일을 업으로 삼을 생각이었으면 한번 생각해봤겠지만 그때는 제과를 그저 취미로 즐기고 싶었을 뿐, 이것이 직업이 될 거라는 생각을 전혀 하지 않았다. 여러 가지

를 두루두루 배우고 싶어서 제과제빵 반을 신청했던 것이라, 등록할 때 자격증은 따지 않을 테니 듣고 싶은 수업만 듣게 해달라고 요청했다.

학원에서 배운 건 집에 와서 매일 구워보고 가족과 친구들에게 선물했다. 받은 사람들의 반응을 다시 레시피에 반영하며 새롭게 응용하는 과정이 너무도 즐거웠다.

한번은 친한 친구를 막걸리집에서 만나기로 했는데 제과 수업 때 만들었던 호두파이를 선물로 가져갔다. 파이를 먹어본 친구가 막걸리 안주보다 이게 더 맛있다면서 언제부터 팔 거냐고 장난스럽게 물어보는 게 기분 좋았다.

책을 보며 하나둘 만들어보는 레시피로 친구들의 생일을 챙겨줄 수 있는 것도 제과의 매력이었다. 크리스마스 때는 자취하던 친구 집에서 파티를 했는데, 아끼던 녹차시폰 레시피로 크리스마스케이크를 만들어 갔다. 다 같이 이렇게 맛있는 케이크는 처음이라며 칼로 자르지도 않고 포크로 순식간에 다 떠먹었는데 정말 재밌고 즐거웠다. 이렇게 받는 사람들이 기뻐하는 모습을 볼 수 있고, 나 역시 그들에게서 좋은 이야기를 들으니 베이킹에 대해 더더욱 재미를 느꼈던 것 같다.

뜨거웠던 날씨만큼이나 오븐의 열기도, 베이킹에 대한

내 열정도 타오른 여름이었다. 방학이 끝나 다시 학교로 돌아가서도 제과에 대한 마음은 식지 않았다. 학교를 다니는 틈틈이 떡과 한과를 배우고 당시 유행하던 슈가크래프트 수업과 크림으로 꽃 모양을 짜는 수업도 들었다. 다음에는 또 뭘 배울까, 인터넷으로 둘러보다가 마카롱 수업이 눈에 띄었다.

그때만 해도 나는 마카롱을 다소 삐딱한 시선으로 보고 있었다. 작고 달고 비싸고 건강에도 안 좋을 것 같았다. 단지 외국 과자가 들어왔다는 이유만으로 비싼 것 아니야? 그리고 저렇게 알록달록한 색은 맛보다는 꾸미는 데만 더 신경 쓴 거 같은데? 이런 생각에 거들떠도 보지 않았었다. 그러던 중에 우연히 어느 블로그에서 '유러피안 스타일의 새로운 프티 마카롱'이라는 이름의 클래스를 발견한 것이다. 이 문구를 보고 이런 궁금증이 들었다.

'마카롱은 왜 이렇게 비싼 거지? 뭔가 이유가 있는 걸까? 이렇게 비싼데 외국에서는 사람들이 그렇게 많이 사 먹는 거야?'

강좌를 들으면 마카롱이 왜 그렇게 비싼지, 또 그런데도 어째서 그렇게 인기가 있는지 알 수 있을까? 이런 호기심과 함께 나도 모르게 그 개성적인 색채와 형태에 이끌렸다. 어쨌든 이걸 배우면 홈 베이킹으로 매일 비슷한 것들을 만들고 있는 상황에서 내공이 더 생길 것 같은 생각이 들었달까. 그런 욕심에 일단 한번 배워보기로 했다.

당시만 해도 마카롱이라는 과자는 백화점이나 큰 제과점에서만 만날 수 있는 흔치 않은 품목이었다. 만들기 어렵고 제과 시험을 봐도 마카롱이 나오면 가장 힘들다는 이야기를 들어서, 도대체 어떻길래 그런 것일까 궁금한 마음과 함께 도전의식이 생겼다. 반쯤은 의혹에 찬 물음으로, 반쯤은 그 정체에 대한 호기심으로 압구정에 위치한 베이킹 스튜디오에서 진행되는 수업을 신청했다.

한 달에 네 번 매주 쉬는 날마다 가서 수업을 들었다. 유럽에서 오랫동안 일하셨던 선생님은 디자인이나 모양에 매우 신경을 써서 특별히 예쁘게 만드셨다. 다른 스튜디오에서는 한 번도 본 적이 없는 장식으로 마무리를 해주셨는데 그것이 너무 좋았다. 처음에 삐딱했던 시선도 어쩌면 은연중 그 화려함에 끌린 것에 대한 반발 심리였는지도 몰랐다.

섬세하고 아름다운 색과 모양을 내야 하는 만큼 제대로 만들기가 쉽지 않았다. 실패하고 망가질 때마다 수업 후에도 카톡으로 줄기차게 선생님을 괴롭혔다.

'선생님, 제가 어제 달걀로 코크를 처음 만들어봤는데 머랭이 너무 안 올라왔어요. 분명 스튜디오에서 만들 때는 이 정도로 오래

걸리지 않은 것 같은데 뭐가 문젤까요?'

'선이 피어나는 것처럼 색을 내고 싶은데, 어떻게 해야 그렇게 섬세하게 색이 날까요?'

'두 가지 색을 섞으려면 어떻게 반죽해야 할까요?'

'여기에 이 재료를 넣을 때 어떻게 응용해야 할지 모르겠어요.'

'윗부분이 너무 기름지게 나왔어요. 건조 시간도 괜찮았는데 뭐가 잘못된 걸까요?'

내가 선생님이라 해도 이런 학생이 있으면 제대로 걸렸 겠다 싶을 정도로 질문이 많았다. 그런데도 선생님은 귀찮 아하기는커녕 오히려 그렇게 열심히 만들어서 한주 씨만의 마카롱이 되는 거라고 격려의 말씀을 해주셨다.

나만의 레시피가 완성될 때까지 늘 학교를 마치고 집에 오면 마카롱을 구웠다. 좋아하는 파티셰의 마카롱 책을 사 서 그 책을 모두 마스터하는 과정을 반복했고, 조금씩 분량 을 조절해가며 내 입맛에 더 맞는 레시피로 바꾸는 작업을 계속했다. 또한 좋아하는 색의 조합으로 두 가지 색을 하나 의 코크(coque, 마카롱의 과자 부분)로 만들거나, 마블 무늬를 내어 다른 마카롱들과 다른 모양새로 만들어보기도 했다.

당시만 해도 한국어로 된 마카롱 책이 별로 없었다. 그래 서 참고한 책들은 모두 외서였다. 외국어로 된 설명을 열심

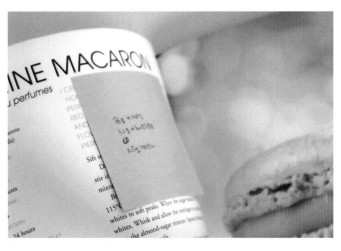

히 해석해가며 한 권 한 권 떼어갔다. 한 품목을 만들 때마다 어떤 점이 부족했고 어떤 부분을 바꿔야 할지 펜으로 체크하며 옆에 메모를 하기도 했다. 나중에 형광펜으로 칠하지 않은 레시피가 하나도 남지 않게 되었을 때의 성취감은 말로 다할 수 없었다.

"공부를 이렇게 했으면 더 좋은 학교를 갔겠다."

엄마는 핀잔인 듯 칭찬인 듯 우스갯소리를 하셨다.

그저 취미였을 뿐인데, 마카롱에 푹 빠지고 말았다. 꼭 당장 가게라도 내려고 배우는 사람처럼 열정적이었다. 마카롱을 처음 배우고 나서 한동안은 쉬지도 않고 계속 만들었던 것 같다. 크림에 들어가는 과일을, 베이스를 바꿔가며 얼마든지 원하는 맛으로 만들 수 있다는 것, 그리고 원하는 색으로 뽑아낼 수 있는 것에 매력을 느꼈다.

특히 나는 '색'에 매료되었다. 학생 때부터 내가 디자인을 할 때 가장 중요하게 생각하는 요소가 색이었다. 좋아하는 작가의 그림에서 색을 가져와 니트를 뜬 적도 있고, 졸업 작품을 할 때도 사용할 색에 대해 가장 많이 고민했다. 내가 중요하게 생각하는 요소를 제과에서도 찾을 수 있다는 점이 매력적이었다. 그래서 누군가가 내 마카롱을 보고 색이 예쁘다고 블로그에 댓글을 달아주면 기분이 그렇게 좋을 수 없었다.

처음에는 화려한 색 때문에 거부감이 들었는데, 어느새 캔버스에 그림을 그리는 것처럼 마카롱의 색을 뽑고 싶은 욕심이 생겼다. 무엇을 하든 그 과정에 매력을 느끼고 애정을 가질수록 그 애착의 이유가 여러 가지가 되고 그것을 보는 관점도 달라지는 것 같다. 그렇게 어느샌가 나는 마카롱 작업을 너무도 사랑하게 되었다.

마켓에서의 첫 판매

자꾸 만들다 보니 궁금해졌다. 이게 과연 다른 사람들 입에
도 맛있을까? 직접 만든 과자를 누군가에게 선물하는 일은
설레기도 했지만 걱정도 되었다. 친구나 가족들은 좋은 마
음으로 그저 맛있다고만 해줄 수도 있으니까. 작업을 할수
록 내가 만든 빵과 과자들의 맛이 정말 괜찮은지 확인해보
고 싶은 마음이 생겼다.

취미로 액세서리를 만들 때 플리마켓에 자주 나가곤 했
었다. 그래서 마카롱도 마켓에 가서 판매해보면 어떨까 하
는 생각이 자연스럽게 들었다. 누군가가 나의 마카롱을 살
까? 먹고 나서 맛있다고 만족할까?

마켓에 나가 판매를 하겠다고 블로그에 공지한 날부터는

학교에 가서도 온통 마카롱 생각뿐이었다. 어떤 맛을 만들지? 어디에 담아 주지? 잔뜩 준비해 갔는데 하나도 안 팔리면 어쩌지? 그전에 마켓에서 마카롱을 판매하는 매대를 본 적이 없었기에 참고할 만한 정보가 하나도 없었다.

모든 것이 다 처음이었지만, 일단 브랜드 이름부터 고민이었다. 그때도 나는 '잇다'를 닉네임으로 쓰고 있었다. 이런저런 이름들을 떠올려봤지만 그래도 내가 가장 좋아하고 친숙한 말인 '잇다'를 살린 이름을 짓는 게 좋겠다고 생각했다. 결국 '잇다'가 들어간 여러 선택지 중에 '잇다네 수제과자'로 결정했다.

괜히 마켓에 나간답시고 부모님한테 도움을 요청했다가 판매가 안 되어 모두 도로 가져오면 그런 망신이 없을 것 같았다. 그래서 혼자 소량만 가져가겠다고, 걱정하시지 말라고 큰소리를 쳤다.

마카롱은 바닐라와 산딸기 맛, 블루베리 맛 세 가지를 만들었다. 사실 수량은 많이 만들었지만 다 가져가지 않았다. 딱 40-50개만 가져가자 싶었다.

'한 사람당 두 개씩 사 가면 20명한테만 팔면 끝나니까.'

근거는 없었지만 혼자 이런 계산을 하면서, 안전하게 가자는 마음이었던 것 같다. 마켓 당일, 선물받았지만 들고 나갈 일이 없던 예쁜 찬합에 마카롱을 하나둘 정성껏 담고, 구매하는 분들에게 낱개로 담아드릴 OPP 봉투와 장갑을 챙겼다. 그 정도면 됐는데, 조금 더 욕심을 부려 레이스 컵받침과 수제 쿠키도 가져갔다. 컵받침은 그때쯤 레이스뜨기에 관심이 있어 만든 것이었다. 적은 수량이었지만 혼자서 그걸 다 들고 가려니 꽤나 힘들었다.

남양주에서 고려대 앞까지 자가용 없이 지하철과 버스를 타고 간다는 건 가방 하나만 메도 힘든 일이다. 지하철에서는 찬합을 끙끙거리며 들고 서 있다가 겨우 앉았는데 사람들이 이상하게 쳐다보기도 했다. 그러다가 어떤 분이 지하철에서 말을 걸어왔다.

"혹시 '○○마켓' 참여하시는 분인가요?"

"아! 네! 어떻게 아셨어요?"

"공지 글 보고 마카롱 먹으려고 가는 중이에요. 이렇게 가는 길에 만나니까 되게 신기하네요!"

"정말요? 마카롱 하나도 안 팔릴까 봐 걱정 많이 했는데 그래도 손님이 한 분 생겼네요!"

우리는 이야기를 나누며 마켓이 열리는 카페로 향했다. 그분은 무거운 내 짐들을 들어주며 어디에 자리를 잡고, 어떤 마카롱을 어떻게 진열해야 할지 같이 고민해주셨다.

자리를 정한 뒤 준비해 간 것들을 하나둘 정리하며 떨리

·························· 북스쿡스 마켓에 나갔을 때 ··························

는 마음을 가라앉혔다.

'다 안 팔리면 어쩌지. 친구들이라도 놀러 오라고 할까.'

혹시라도 놀림거리가 될까 봐 친구들에게도 아무 말 하지 않고 갔었다.

마켓에 참여하시는 분들이 약 열 팀 남짓 있었다. 진열을 거의 마쳐갈 때쯤 카페 사장님이 오셔서 마카롱을 맛볼 수 있느냐고 물어보셨다. 나는 가져간 시식용 마카롱을 접시에 담아 드렸다. 접시를 내미는 마음이 조마조마했다.

"정말 맛있네요!"

마카롱을 드신 사장님의 입에서 칭찬이 나왔을 때는 얼마나 기쁜지 마치 세상을 다 가진 것 같았다. 용기를 내어 다른 셀러분들에게도 시식용 마카롱을 맛보시라고 돌렸다. 놀랍게도 맛을 보신 분들이 모두 내 자리로 와서 마카롱을 사 가셨다. 생각 이상으로 빨리 팔려버리는 바람에 블로그에서 알던 지인 몇 분이 일부러 와주셨을 때는 남은 마카롱이 없어 드릴 수가 없었다.

이게 꿈인가 싶었고 너무 좋아 어쩔 줄을 몰랐다. 집에 와서 이야기를 해드리니 부모님도 무척 신기해하셨고, 나도 블로그에 후기를 남기는 동안 내내 믿을 수 없었다. 다음에는 두 배로 만들어 가야지. 그날 밤은 행복한 마음으로 잠들 수 있었다.

그리고 그날 만나 지하철에서 같이 걸어갔던 손님! 그 손님과는 지금은 고민도 털어놓을 수 있는 가까운 언니동생 사이가 되었다. 여러모로 기적 같은 날이었다.

이후 마켓에서 나를 찾아주시는 손님들이 조금씩 늘었고, 그만큼 내 미래의 길도 점차 뚜렷해졌다.

"빵집을 하고 싶습니다"

이따금 진로를 결정해야 하는 학생들에게 메일이 온다.

'처음에 어떻게 제과를 시작하셨어요?'
'저는 빵과는 상관없는 과를 다니고 있는데 이 과를 졸업해도
파티셰를 할 수 있을까요?'

이런 내용들이 많다. 이런 메일을 보면 진로를 고민하던
시절의 내 모습이 떠오른다. 나 역시 제과와는 상관없는 전
공을 했기 때문에 대학을 졸업할 무렵 고민이 많았다.
언제 이 일을 해야겠다고 확신했을까? 딱 꼬집어 언제라
고 말할 수는 없다. 천에 물이 들듯이 자연스럽게 천천히 어

느새 제과 쪽으로 마음이 기운 것 같다. 취미로 쿠키를 구워 선물하고, 플리마켓에서 마카롱을 판매하고, 누군가 다른 사람이 내가 구운 과자를 맛있게 먹어주는 기쁨을 알게 되면서 점점 이 일을 본격적으로 하고 싶다고 생각했다.

마침내 이 일을 직업으로 삼아야겠다고 결정하고 나자, 구체적인 계획이 필요했다. 패션은 대학에서 4년간 나름 공부했고 인턴도 했기 때문에 좀 더 준비를 하면 취업이 가능하리라는 생각이 들었지만, 제과는 아니었다.

정말로 제과제빵을 제대로 하려면 전문적으로 배우고 시작해야 했다. 부모님과 꽤 오랜 시간 이에 대해 이야기를 나누었다. 내가 배우고 싶은 전문 교육 과정이 있는 르 꼬르동 블루는 대학원을 다니는 것만큼의 비용이 들었기 때문이다. 한 가지 문제가 더 있었다. 학교를 다니며 계속 베이킹을 공부하기에는 집이 너무 좁았다.

'저렴한 상가를 빌리면 어떨까? 작업실을 꾸며서 거기서 공부하고, 만든 빵을 팔면 월세 정도는 낼 수 있지 않을까?'

이런 생각이 들었다. 그래도 꾸준히 마켓을 나갔으니까 저렴한 곳이라면 월세와 운영을 감당할 수 있을 것 같았다. 나름의 계획을 말씀드리자 부모님은 내가 하고자 하는 일을 응원하고 도와주셨다. 부모님 도움 없이는 르 꼬르동 블루에 다니지도 못하고 보증금을 낼 수도 없었을 것이다. 그렇게 졸업 후의 진로가 확실하게 정해졌다.

　졸업 전 학기 마지막에 '직업 면접'이란 것이 있었는데, 패션 각 분야의 전문가들을 앞에 두고 면접을 보는 일종의 모의 면접이었다. 면접관 중에는 매년 서울패션위크에서 디자인을 선보이는 디자이너도 있고 유명 브랜드에서 일하는 디렉터나 디자이너도 있었다. 사실인지는 모르겠지만 이때 잘 보이면 인턴으로 채용될 수 있다는 소문도 있었다. 패션 쪽에서 무슨 일이 하고 싶고 그에 대해 얼마나 준비하고 있는지 이야기를 나누고 평가받는 자리이므로 졸업 예정자들에게는 매우 중요한 행사였다.

　교수님들도 모의 면접을 보기 몇 주 전부터 우리에게 잘해야 한다고, 점수도 점수지만 이런 자리와 기회가 없다며 압박을 주기 시작하셨다. 그날을 생각만 해도 너무 긴장된다고 동기들과 눈이 마주칠 때마다 이야기를 나누곤 했다.

　면접장에 들어가기 전 고민을 했다. 스타일리스트 같은 프리랜서가 되고 싶다고 적당히 둘러댈까 아니면 사실대로 말할까. '그래도 스타일리스트라고 해야겠지' 하고 머릿속으로 생각했다.

　"저는 빵집을 하고 싶습니다."

그런데 나도 모르게 면접 위원들 앞에서 이렇게 뱉어버리고 말았다. 도대체 무슨 생각을 한 건지. 말을 해놓고 보니 덜컥 겁이 났다. 그때의 나는 상당히 소심한 편이었어서 선생님들도 은근히 놀라셨지만, 의외로 여러 대화가 오 갔다.

"언젠가 수업 때 학생이 만들어 온 마카롱을 먹어본 적이 있어요. 정말 맛있던데 그 마카롱을 판매하려고 하는 건가요?"

이따금 학교에 디저트를 만들어 가서 친구들과 나눠 먹었는데, 한번은 수업이 마치고 교수님께도 선물로 드린 적이 있었다. 정작 그때는 선물을 드리기만 하고 드시는 것은 못 봤는데, 그때 맛있었다는 소감을 이 자리에서 듣게 된 것이다. 교수님의 말씀에 왠지 모르게 용기가 솟아났다.

"아니요. 사실은 빵집이 하고 싶어서 르 꼬르동 블루 제빵 과정을 학교 졸업 후 바로 들으려고 준비하고 있습니다."

"왜 갑자기 빵을 만들려는 거예요? 그래도 4년간 이곳에서 패션을 배웠는데 좀 아깝다……."

"왜 빵이 만들고 싶은지는 모르겠는데, 그냥 그 일을 하고 있으면 좋고 제 과자를 먹어주는 친구들 얼굴 보는 것도 기쁘고 해서, 계속 이 일을 하면서 즐겁게 살고 싶다는 생각이 들어요.”

"그래, 사실 4년이 전혀 아깝지는 않을 거라 생각해요. 내가 좋아하는 파티셰들도 대부분 굉장히 아티스트적이니까. 예술과 음식은 같은 선상에 있다고 생각하거든. 한주 학생도 분명히 맛있고 멋진 제과점을 차릴 수 있을 거예요.”

그 대화가 오가고서 갑자기 패션업계에서 오랫동안 일을 해오셨던 디자이너분이 일어나더니 나한테 사진을 몇 장 보여주셨다.

"봐봐, 이렇게 마카롱을 예술적으로 표현할 수도 있어. 정말 제대로 해봐요. 제대로 안 하면 의미가 없지.”

그 이야기에 왠지 뭉클해지면서 힘이 불끈 났다. 그때 보여주신 사진은 피에르 에르메의 마카롱 화보집이었다. 내가 가장 동경하는 파티셰다.

스스로의 마음에 솔직한 것은 무척이나 후련한 일이다. 그날은 왠지 혼자 거하게 좋아하는 음식을 먹고 싶었다. 친구들을 보내고 좋아하던 학교 앞 오믈렛 집에 가서 토마토 파스타 오믈렛을 후딱 해치우고 기분 좋게 집으로 향했다.

첫 작업실, 잇다제과의 시작

'잇다제과'란 이름을 붙이긴 했지만, 처음 얻은 작업실은 정말 말 그대로 나 혼자 공부할 공간이라 생각하고 만든 곳이었다. 왜 이렇게 생뚱맞은 동네에 매장이 있냐는 묻는 분들이 많았는데, 이유는 단순하다. 밤늦게 작업을 하고 들어가는 데 힘들지 않도록 집과 가까운 곳에 작업장을 차린 것이었다. 월세가 저렴하다는 장점도 있었다.

마음이 편해야 작업도 잘할 수 있다고 생각했기 때문에 집 앞 상가 건물에서도 구석 자리에 있는 10평 남짓한 가게를 빌렸다. 돈이 없어 따로 인테리어도 하지 않고, 쇼케이스조차 없이 시작했다. 코스트코에서 튼튼한 선반을 사다가 내가 작업하기 알맞도록 작업실을 꾸몄다.

돈을 최대한 덜 들여야 했기에 집에서 안 쓰던 전자레인지, 싼 작업대, 아버지 가게에서 안 쓰는 냉장고들을 가지고 왔다. 애초에 구상할 때 이곳은 작업실로만 쓰다가 차후에 좀 더 경력을 쌓고 사업을 할 수 있는 깜냥이 되면 그때 제대로 시작을 하려는 셈이었다. 그러다 보니 손님을 배려한 공간과 이후에 함께 근무하게 될 직원들을 위한 공간이 없었다.

오픈 시간은 블로그에 게시한 뒤 금요일과 토요일 오후 4시에서 6시 사이에만 문을 열었다. 워낙 남양주에서도 외진 곳이라 손님이 많이 오지 않으리라는 전제하에 정한 시간이었다. 또 마침 좋아하는 라디오 방송이 나오는 시간이었기 때문에, 이 시간대에 문을 열면 손님이 오지 않더라도 조금은 덜 속상할 것 같다는 생각도 있었다.

역시나 예상대로 작업실에 찾아오는 손님은 거의 없었다. 간혹 찾아오는 손님들은 대부분 블로그를 통해 오시는 분들이었다. 사실 이때만 해도 학교에서 배운 제빵을 공부할 공간이 필요해 빌린 것이었으니, 월세만 나오면 충분했다. 한 달에 한두 번은 서울에서 열리는 마켓에 나가 마카롱을 판매하고 나머지 요일은 내가 좋아하는 것을 만들면서 공부했다. 종종 친구들이 오면 작업실에서 맛있는 것을 만들어 먹는 것이 소소한 즐거움이었다.

과자전에 나가다

그러다가 '과자전'이라는 큰 행사를 알게 되었다. 마카롱을 처음 배웠던 스튜디오의 원장님이 나를 추천해주신 것이었다. 어느 날 스튜디오에서 수업을 마치고 그날 만든 디저트를 시식하고 있는데, 원장님이 말을 걸어오셨다.

"한주 씨 혹시 요즘 바빠요?"

"주말에는 시간 괜찮아요. 왜 무슨 일 있으세요?"

"다른 게 아니고 이번에 과자전이라는 걸 한다는데 한번 나가볼래요? 한주 씨 그래도 종종 마카롱으로 마켓 나갔었으니까 재밌지 않을까?"

마켓을 많이 나가봤어도 과자전이라는 건 처음 들어보는 행사였다. 나도 모르게 눈이 반짝였다.

"우와 궁금해요! 자세한 내용은 어디에서 찾아보면 되나요?"

"나한테 소개문을 보내줬으니까 그거 보여줄게요. 셀러를 추천해달라고 했는데 한주 씨가 나가면 잘할 거 같아서 말해주려고 해요."

이렇게 그 과자전이라는 곳에 나가게 되었다. 여러 수공예 제품들이 나오는 마켓과 달리 디저트들이 주를 이루는 행사였다. 당시 홍대 앞에서 행사가 열렸는데 건물 밖으로 줄이 한참 늘어설 정도로 엄청난 인파가 몰렸다. 좁은 공간에 많은 업체가 참가하다 보니 판매자 자리가 너무 좁아서 불편하고 숨 쉴 시간도 없이 바빴는데, 다 마치고 나니 그렇게 기쁠 수가 없었고, 너무도 뿌듯했다.

과자전이 열리기 전에 주최 측에서 행사 홍보를 하면서 잇다제과의 마블 마카롱을 무지개 마카롱으로 소개한 글을 올려주셨다. 이 포스팅이 네이버 메인에 뜨게 되었는데, 그게 행사 전부터 잇다제과가 더 관심을 받게 된 이유였던 것 같다.

이렇게 메인에 소개가 되다 보니 수량은 얼마나 준비해야 하나도 고민이었는데, 마카롱을 천 개 정도 만들어 갔다. 몇몇 손님들이 우리 가게 앞에서 진열해놓은 마카롱을 보자마자 "무지개 마카롱 이거 인터넷에서 봤었는데 여깄네!

………… 과자전에 처음 나갔을 때 들고 간 마카롱들 …………

궁금하니까 사 먹어보자!"라고 하시는데 신기하면서도 긴장되는, 처음 느껴보는 감정이 들었다.

"블로그 구독자예요! 무지개 마카롱 사려고 줄 섰어요!"

이렇게 말씀해주신 분도 계셨다. 그런 말들이 기억에 아직까지 선명하게 남아 있는 것은 마카롱을 만들던 초창기, 손님들의 이런 관심과 애정이 조금씩 다 힘이 되었기 때문인 것 같다.

마블 마카롱은 외국 사이트에서 머랭 쿠키에 선처럼 색이 입혀진 것을 보고 마카롱에도 그런 무늬를 내보고 싶다는 생각에서 만든 것이었다. 코크에 두 가지 색이 섞여 있으면 더 예쁠 것 같다는 생각에 여러 시도 끝에 만들어낼 수 있었다. 그게 무지개 마카롱, 마블 마카롱이라고 소개되자 신선하게 느낀 분들이 많았던 것 같다. 지금은 여기저기서 눈에 띌 만큼 흔해졌지만, 그때만 해도 그런 마카롱은 생소해서 많은 분들이 좋아해주셨다.

과자전 이후 좁디좁은 매장으로 찾아주시는 손님이 급격히 많아졌다. 가게 오픈 시간도 각 두 시간씩 늘려 금토 2시부터 열었다. 일이 늘어나다 보니 처음 계획대로 르 꼬르동 블루에서 제빵을 배워 졸업하고 빵집을 열고 싶다는 생각은 점점 미뤄지게 되었다.

당장 수요가 많으니 마카롱을 판매하는 편이 맞았다. 많은 분들이 마카롱을 사러 멀리까지 와주시니 더 에너지를 얻어 제과 쪽에 관심이 점점 커진 것도 있었다.

손님이 많아지고부터는 마켓에 더 자주 나갔다. 직접 서울의 카페를 빌려 마켓을 주최하기도 하였다. 카페를 빌려 마켓을 하다니, 지금 생각하면 그때 내 열정과 에너지가 대단했던 것 같다. 지금은 누가 나에게 하라고 해도 너무 힘들어 엄두를 못 낼 것 같다. 마켓을 주최하려면 장소 섭외부터 시작해서 작가 섭외, 행사 진행까지 처음부터 끝까지 하나하나 신경 써야 했다. 어떤 분야의 어떤 작가님들을 어떻게 초대할지도 결정해야 하고, 불편이나 불만 없이 매끄럽게 진행되도록 행사 전부터 세세한 데까지 고민을 해야 한다.

가장 중요한 건 마켓을 찾아주시는 손님들이었다. 마켓이 시작되기 한두 시간 전부터 기다리는 손님들 줄을 어떻게 세워야 문제가 없을지, 입장은 어떻게 해야 서로 불편하지 않게 즐길 수 있을지도 고민이었다. 또 내가 주최하는 마켓이다 보니 잇다제과 때문에 줄을 선 손님들이 기껏 들어왔는데 원하는 제품이 품절되어 실망하지 않도록 더 일을 많이 해서 수량을 맞춰 나가야 했다.

준비는 무척 힘들었지만 마켓을 주최하며 새로운 작가분들을 만나고, 같이 판매를 하고, 끝나고 같이 저녁을 먹고

이화여대에서 열린 마켓에 나갔을 때

했던 그런 시간이 말로 다 할 수 없이 소중한 경험으로 남았다. 지금도 그때 인연으로 만났던 작가님들과 좋은 관계로 지내고 있다.

처음에는 생각했던 대로 혼자서 가게를 꾸리는 것이 어렵지 않았다. 그러나 이런 행사들을 계기로 점점 손님이 늘고 단골이 생겨가자 마켓에서 판매할 양까지 혼자 소화하기에는 너무 벅찼다. 손님이 계속 많아지면서 직원을 고용할 수밖에 없었고, 처음엔 한 명이었던 직원이 하나둘 늘어 나중에는 네 명이 되었다. 애초에 가게를 열 때는 나 혼자 작업할 공부방의 개념이었으니 당연히 공간에 문제가 생겼다. 직원용 캐비닛도 없을뿐더러 화장실도 멀어 무척 불편했다. 이런 상황이 이어지자 어느 순간 손님과 직원들을 더 이상 불편하게 하지 말고 매장 이전을 해야겠다는 결심이 들었다.

세상에 하나뿐인 나만의 컬렉션

나는 수집욕이 꽤 강한 편이다. 무언가에 빠지면 그와 관련된 것들을 모아왔는데, 그중에서도 식기와 조리 도구 모으는 것을 좋아한다. 꼭 비싼 명품 식기가 아니더라도 이제는 생산되지 않는 단종된 접시나 잔이라든지, 아무 데서나 볼 수 없는 디자인의 식기를 보면 정신을 못 차린다.

여행을 가서도 벼룩시장이나 현지 디자이너의 도자기 상품들은 여정이 허락하는 한 꼭 챙겨 보려 한다. 먼 곳에서 힘들게 애지중지

가져온 그릇들을 보고 있으면 마음 밑바닥에서부터 뿌듯한 기분이 차 오른다. 오키나와 도자기 마을에서 산 대접, 브루클린 빈티지 숍에서 발견한 접시, 파리 생투안에서 모셔 온 찻잔 등을 보면 세상에 하나뿐인 나만의 컬렉션을 가진 부자가 된 기분이다.

여행 중 샀던 접시에는 특히 더 애정이 가는데, 그것들을 볼 때마다 당시의 거리나 날씨, 기분 같은 것이 선명하게 떠오르기 때문이다. 그래서 늘 기념품으로 식기를 사 오게 되는 것 같다. 나중에는 접시를 두는 공간이 부족해 장을 하나 구입했는데 그마저도 가득 찼다. 그릇장만큼은 언젠가 넉넉한 크기로 제작하고 싶다.

구매한 그릇들은 보통 차를 마실 때 쓰거나 지인들에게 디저트와 함께 찻상을 차려줄 때 내놓는데, 그것도 소소한 기쁨이다. 같은 음식이라도 그와 어울리는 그릇에 내어 먹으면 먹기 전부터 음식에 대한 기대감이 올라가는 효과가 있다.

베이킹 도구

어떤 베이킹 도구를 사용하는지 궁금해하시는 분들이 있다. 작업 성향이나 방식, 작업자가 가장 중요하게 여기는 요소에 따라 선호도가 다르겠지만, 베이킹에 관심 있는 분들께 참고가 될 수 있도록 가장 많이 쓰는 도구 몇 가지만 이야기해보겠다.

실리콘 주걱

제과 용품 중 가장 자주 쓰이고 유용한 도구다. 그만큼 셀 수 없이 많은 종류의 실리콘 주걱을 사용해봤다. 그중 일본 제품인 케이크 랜드의 기본 흰 실리콘 주걱과 컬러웍스의 실리콘 주걱을 애용하고 있다.

케이크랜드의 실리콘 주걱은 힘있는 반죽(마카로나주 작업, 슈 작업, 버터케이크 작업 등)이나 크림 작업(크렘 파티시에르 작업, 크렘 앙글레즈 작업, 버터크림 작업 등)을 할 때 유용하다.

컬러웍스의 실리콘 주걱은 무언가를 싹싹 긁을 때 쓰기 좋아서 단단하지 않은 크림이나 반죽을 깔끔하게 정리할 수 있다. 백화점 브랜드의 실리콘 주걱을 다 사보기도 하고 해외 출장을 나갈 때마다 이것저것 써봤지만 이 두 브랜드의 제품이 작업하기에 제일 쓰기 편해서 여러 개씩 구입해 사용하고 있다.

거품기

거품기 종류는 워낙 다양하지만 청결하게 관리하기 쉽고 손잡이 안에 물이 고이지 않으며 잡는 부분이 편한 것이 작업하기 가장 좋다. 내가 쓰는 것은 드부이에 거품기로 파리 출장 때 사 온 제품이다. 나중에 기회가 된다면 작업장에서 쓰는 거품기를 모두 바꾸려고 한다. 손잡이가 쉽게 뜨거워지지 않아 불 위에서 크림 작업을 할 때도 유용하다.

마들렌 틀

마들렌 틀은 일본에 출장을 갈 때마다 조금씩 사 왔었다. 치요다 틀과 요시다 틀 두 가지를 이용 중인데 둘 다 모양이 잘 나오고 실리

콘 코팅이 되어 있어 잘 떨어진다. 또 철판 틀의 열전도율이 높아
내 레시피로 만든 마들렌은 이 틀에 잘 맞아 애용하고 있다.

오븐

오븐은 여러 가지 있지만, 그중 마카롱용으로는 스메그 오븐을 추
천한다. 마카롱을 처음 배우러 다닐 때 추천받은 오븐인데, 바람이
세지 않아 피에가 적당히 골고루 예쁘게 올라온다. 우리는 오븐을
두 가지 사용하는데, 처음에 바게트나 빵 제품을 만들려고 샀던 우
녹스가 있다. 이 제품은 바람이 워낙 강해 에클레어나 가벼운 반죽
을 올린 제품을 넣으면 다 날아가서 곤란했던 기억이 있다. 대신 파
운드케이크나 브라우니처럼 바람이 강해야 제품 윗부분 크랙이 예
쁘게 잘 생기는 제품을 굽는다.

바닐라 마카롱

이 책에 소개할 첫 레시피로 무엇이 좋을까 고민했는데, 역시 잇다 제과를 시작했을 때 가장 많이 만들었던 기본 메뉴인 마카롱과 버터 쿠키가 독자분들도 가장 궁금하실 같다. 처음 마켓에 나갔을 때 판매했던 메뉴이기도 해서 더 애착이 가는 대표 메뉴다.

마카롱은 프랑스의 대표적인 과자다. 알록달록한 색과 동글동글 사랑스러운 모양 때문에 선물용으로나 손님들이 왔을 때 찻상에 대접하기에, 혹은 오늘도 고생한 나를 위해 선물하기에도 완벽하다.

가게에서 만들 때는 많은 양을 한 번에 기계에 돌리기 때문에 소량을 만들 때 이와 같은 레시피로 하면 불안정적으로 만들어지기 쉽다. 그래서 여기엔 홈 베이킹에 좀 더 적당한, 내가 처음에 마카롱을 만들 당시 많이 썼던 레시피를 적어보려 한다. 마카롱은 어떤 과정 하나라도 잘못되면 되돌리기 어렵기에 오랜 연습 과정이 필요하다. 기본 레시피를 만들어보고 조금씩 내 스타일로 바꾸어가거나 응용해서 나에게 맞는 레시피를 개발해보는 즐거움도 크다.

성공팁

머랭◆을 천천히 안정적으로 만들어야 한다. 머랭의 질감이 너무 단단해도 반죽을 많이 치대야 하기에 과자가 기름지게 나올 수 있고, 너무 적게 올리면 머랭이 금방 묽어지기에 나중에 코크가 우주선처럼 위가 뾰족하게 나오거나 윗면이 깨져서 나올 수 있다.

◆ 달걀흰자에 설탕을 넣어서 만드는 거품.

🏺 지름 3.5cm 마카롱 25-30개 분량

🕙 오븐 165도 10분

재료

코크 달걀흰자 82g,◆ 설탕 76g, 슈가파우더 120g, 아몬드 가루 108g, 바닐라빈 1개

크렘 앙글레즈 우유 50g, 설탕(1) 15g, 바닐라빈 1개, 달걀노른자 38g, 설탕(2) 15g,
            버터 182g

◆ 달걀 크기에 따라 다르나 일반적 중란이 50g 정도라 할 때, 껍질이 5g, 흰자가
30g, 노른자가 15g 정도 된다.

코크 만들기

1 달걀흰자에 설탕을 3분의 1씩 넣어가며 단단한 머랭을 만들어 준다. (핸드믹서 중약 세기로 약 10분 이상 휘핑한다.)

2 탄력 있고 단단한 머랭이 완성되면 슈가파우더와 아몬드 가루 체 쳐둔 것을 넣고 바닐라빈을 긁어 넣어 마카로나주◆한다.

   ◆ 마카롱의 재료가 되는 아몬드 가루와 다른 재료들이 섞이며 혼합되고 반죽이 되는 과정. 전체적으로 매끄럽고 윤이 나며 약간 흐르는 상태까지 반죽을 한다.

3 전체적으로 반죽이 매끈하게 완성되면 짤주머니에 담아 동그랗게 짜준다.

4 겉면이 말라 손에 묻어 나오지 않으면 오븐을 165도로 맞추고 10-11분간 굽는다. 오븐마다 성격이 다르기 때문에 각자의 오븐에 맞게 테스트를 해보는 것이 좋다.

크렘 앙글레즈◆ 만들기

   ◆ 달걀과 우유를 함께 넣어 끓이는 영국풍의 커드 크림.

5 우유에 설탕(1)을 넣고 바닐라빈을 긁어 넣어 중불에 부르르 끓인다.

6 달걀노른자와 설탕(2)를 잘 섞어두었다가 위 5를 넣고 잘 섞어 준다.

7 다시 냄비에 옮겨 약불을 켜고 주걱으로 덩어리가 안 생기도록 잘 저어가며 끓여준다.

8 온도가 85도까지 올라가면 불을 끄고 체에 내린다.

9 버터는 포마드 상태♦로 잘 풀어주고 완성된 크렘 앙글레즈를
   넣어 잘 섞어준다.
   ♦ 상온에서 덩어리 없이 골고루 매끄럽게 풀어지는 상태.

샌딩하기 ―――――――――――――――――――――――――――――――――――――

10 코크 짝을 맞춰두었다가 크림이 완성되면 코크 한 면에 크림
   을 짠 뒤 두 코크를 샌드해준다.

11 짝이 안 맞는 코크들은 모아서 오븐 150도에 10분간 더 구워주
   면 바삭한 아몬드 머랭 쿠키로 즐길 수 있다.

12 샌딩된 마카롱은 냉장 숙성 12시간 후에 맛본다.

13 숙성된 마카롱은 되도록 2-3일 안에 먹도록 한다.

초콜릿칩 버터 쿠키

가장 기본적인 것이 가장 맛있다. 그래서 처음 마켓을 나갈 당시에 이 쿠키를 가지고 나갔었다. 큼지막한 커버처 초콜릿♦이 듬뿍 들어가 있어서 더 인기가 좋았다. 기본적이지만 어떤 재료를 넣느냐에 따라 응용이 가능한 쿠키다.

나는 보통 엘앤비르 고메 버터를 사용하거나 이즈니 발효 버터를 사용한다. 발효 버터를 사용하면 풍미가 훨씬 좋아지므로 좋은 발효 버터를 사용하는 걸 추천한다. 취향에 따라 건과일이나 견과류를 넣어도 되고 초콜릿칩을 듬뿍 넣어 만들어도 맛있다.

♦ couverture chocolate. 카카오버터 함유량이 많은 고급 초콜릿으로 수제 초콜릿이나 디저트를 만드는 재료가 된다.

성공팁

버터를 포마드 상태로 사용하고 설탕이 충분히 다 녹을 때까지 뽀얗게 거품을 올려줘야 완성도 있는 쿠키를 만들 수 있다.

🍴 쿠키 하나당 반죽 40g을 썼을 때 약 20개 분량

🕐 오븐 170도 10~15분

재료

버터 180g, 황설탕 150g, 달걀(전란) 55g, 박력분 280g, 소금 4g, 베이킹소다 3g,

다크 커버처 초콜릿(발로나 과나하) 200g, 구운 아몬드 80g,

취향에 따라 크랜베리 적당량

만들기

1 버터에 황설탕을 넣고 뽀얗게 휘핑한다. 이때 설탕 입자가 보이지 않을 정도로 휘핑한다.

2 달걀을 3~4번에 나누어 넣어가며 섞어준다.

3 가루류(박력분, 소금, 베이킹소다)를 모두 체 쳐 넣어 주걱으로 골고루 섞어준다.

4 초콜릿칩, 크랜베리, 견과류를 넣고 섞은 뒤 적당한 사이즈로 동글납작하게 만들어 베이킹 시트에 팬닝♦한다.

♦ 반죽을 빵틀에 채우거나 철판에 모양을 잡아 올려놓는 과정.

5 170도 오븐에서 10~15분간 구워준다.

PART 2

안녕하세요,
잇다제과입니다

콘셉트 없는 가게

새 가게 자리를 알아보러 다니며 인테리어 작업을 해줄 실장님을 만났다. 인테리어 금액은 생각 이상으로 부담스러웠다. 왜 다들 작업실을 직접 꾸미는지 이해가 되었다. 그래도 한번 스스로 작업실을 꾸몄을 때 아쉬웠던 점이 많았기에 전문가의 손길을 빌리면 실용적인 면에서나 디자인적인 면에서 그만큼 값어치를 하리라 믿었다.

내가 원하는 디자인의 매장과 작업 동선이 완벽한 작업장이 나눠져 있는 가게를 꾸미고 싶었는데, 혼자서 이 두 가지를 만족하는 인테리어를 하기는 어려웠기 때문이다. 잘 단장된 가게에서 새롭게 시작하면 긍정적 에너지가 될 것이라고 생각하기로 했다.

가게 디자인을 하기에 앞서 실장님이 내게 질문을 던졌다.

"잇다제과의 콘셉트는 뭐예요?"

예상치 못한 물음에 머릿속이 복잡해졌다. 뭐라고 해야할까? 도저히 한마디로 잇다제과의 콘셉트를 말할 수 없었다. 난 그저 좋은 제철 재료와 신선하고 맛있는 디저트를 지향했을 뿐 어떤 콘셉트를 잡아 가게를 운영한 적은 없었다. 머릿속에 온갖 생각이 스쳐 갔다. 뭐라고 해야 하나. 다들 나름의 콘셉트를 잡고 제과점을 운영하는 건가? 내가 만드는 디저트는 유럽 스타일도 일본 스타일도 아니었다. 그냥내가 그때그때 맛있다고 생각하는 바를 따라갈 뿐이었다. 그런 생각으로 이렇게 이야기했다.

"저는 깔끔하고 그저 디저트가 잘 보이는 큰 쇼케이스가메인인 그런 공간을 원해요. 어찌되었건 주인공은 제가 만든 제과니까 콘셉트 같은 건 괜찮아요. 제가 어제 하고 싶던디저트와 내일 하고 싶은 디저트가 다를 것이고 일주일에한 번씩 지향하는 맛이 바뀔 수도 있으니까 잇다제과가 하나의 무슨 콘셉트라고 말하기는 어려울 것 같아요."

다만 지난 가게에서 아쉬웠던 부분들은 하나하나 구체적으로 이야기했다. 이전 작업실은 공간이 좁아 손님들이 밖에서 줄을 섰다가 대여섯 팀씩 들어와 둘러볼 수 있었다. 그래서 매장을 옮길 때 매장에서 드실 순 없더라도 기다리는 자리라도 만들었으면 좋겠다고 생각했다.

작업자의 입장에서는 업장과 매장을 나누고 싶었고, 또 사무실을 따로 만들어서 원래는 퇴근 후 집에서 했던 사무나 디자인 업무를 업장에서 모두 마치고 싶었다. 직원들을 위해 캐비닛이 있는 공간도 이번에는 꼭 두었으면 했다.

한 가지 내가 주문했던 것은 포인트 색이었다. 잇다제과에서 판매하는 디저트들은 대부분 파스텔 톤이었기 때문에 그것과 어울렸으면 좋겠다. 그리고 따뜻했으면 좋겠다. 이정도였다.

실장님과의 소통으로 정말 쇼케이스가 잘 보이는 깔끔한 매장이 탄생했다. 매장에서 상온 과자들을 두는 큰 진열장은 파스텔 톤 하늘색으로 했고, 작업실 안 벽 위쪽은 민트색으로 칠해졌다.

또한 동그란 마카롱이 메인인 우리 가게에 어울리게 포인트로 큰 조명에 맞춰 천장이 뚫렸고 그 안에서 따뜻한 빛이 나오게 디자인되었다. 쇼케이스는 깔끔한 흰색으로 들였다. 바닥이 스테인리스로 되어 있어 위생적으로도 관리하기 편했고, 디저트가 돋보이도록 따뜻한 빛을 비추는 조명이 달려 있었다.

쇼케이스는 두 칸이었는데, 한쪽은 냉장 스위치를 켜서 냉장 보관 디저트를 넣고, 한쪽은 조명만 켜서 상온 보관 빵과 스콘류를 판매하다가 주말이 되면 양쪽 다 냉장 기능을 켜서 디저트를 가득 채웠다.

개인적으로 간판이 달린 모양새를 그다지 좋아하지 않아 간판은 따로 제작하지 않기로 했다. 잇다제과 캐릭터와 로고가 통유리에 보이게 시트지를 붙이는 것으로 만족했다. 그러면 빛이 들어오는 시간에 분위기가 더 좋을 것 같았다. 역시나 오후 3-4시쯤 매장이 한가하고 해가 뉘엿해지는 시간이 되면 시트지로 붙인 잇다제과 캐릭터가 바닥에 비쳤다. 그리고 쇼케이스의 조명이 필요 없을 정도로 빛이 가득한 매장으로 바뀌었다.

작업장은 디자인이랄 것도 없이 큰 작업대와 직원 캐비닛과 냉동고 정도만 갖추어 놓고, 간단한 사무 공간을 마련했다. 이 사이를 다니는 동선에만 문제가 없으면 된다 싶었다.

사무실에는 컴퓨터와 참고 도서를 꽂을 책장을 주문했고 제품을 찍기 위한 포토 스폿도 마련했다. 손님들에게 새로운 디저트를 소개하기 위한 용도이므로, 사진을 잘 찍는 것도 매우 중요한 요소였다. 큰 파스텔 톤의 판이 놓인 포토 스폿에는 자연광이 들어와 디저트가 예쁘게 잘 찍혔다.

'잇다'를 보여주는 디자인

처음에는 디자인과 관련된 모든 것을 혼자 해결하려고 했다. 나도 디자인을 전공했고, 포토샵이나 일러스트 툴 정도는 다룰 줄 아니까 잘할 수 있다고 생각한 것이다. 하지만 오래지 않아 모든 분야의 전문가는 존재의 이유가 있음을 깨닫게 되었다. 툴은 다룰 줄 안다 해도 그림은 패션 일러스트와 입시미술밖에 하지 않았기 때문에 제대로 된 결과물을 내기가 만만치 않았다. 아무래도 이 일을 전문적으로 해낼 수 있는 누군가에게 맡겨야겠다 싶었다. 나는 우리 가게의 이미지가 정갈하고 딱 떨어지는 분위기이면서도, 색감이 키치하면서 재미있게 표현되었으면 좋겠다고 생각했다.

그에 맞을 만한 작가를 찾아 인스타그램을 뒤진 끝에 '키

미앤일이'라는 작가님을 알게 되었고 바로 연락해서 패키지 작업을 함께하게 되었다. 부산에 사셔서 한 번도 만나지는 못했지만, 내가 원하는 톤의 이미지를 이야기할 때마다 귀엽고 발랄한 일러스트를 그려주셔서 함께 작업하는 동안 무척 좋았다.

나는 오뚜기 로고같이 한국적이면서도 귀여운 로고를 이상적으로 생각한다. 잇다제과 역시 그런 로고를 원한다고 말씀드렸다. 일반적인 일본식이나 유럽식 케이크와 다르게 한국의 제철 재료를 그에 가장 어울리는 레시피와 접목해 메뉴를 개발했으므로, 한국적이라는 느낌을 로고에 살리고 싶었다.

상자나 포장, 포스터 등 기타 여러 곳에 그림이 필요할 때마다 작가님께 내가 원하는 이미지를 설명하고 몇 번의 피드백 과정을 거쳐 일러스트가 나오면 그걸로 내가 상자나

팸플릿, 엽서 등을 제작했다.

마카롱 박스는 여섯 개입, 열두 개입 두가지로 제작하기로 했다. 이런 상자 같은 경우에는 한 번에 몇천 개는 제작해야 단가가 낮아지기 때문에 한번 만들 때 특히 더 신중하게 결정해야 한다. 기본 상자 크기를 여섯 개짜리로 정했다는 것은 앞으로 마카롱을 적어도 여섯 종류는 늘 갖추어야 한다는 뜻이었다.

처음에는 여러 가지 색이 들어간 독특한 디자인의 상자를 만들었지만 금세 질리는 감이 있어, 그다음에 제작할 때는 로고만 깔끔하게 들어간 디자인으로 바꿨다.

그 이후에도 쇼케이스에 진열하는 케이크를 넣을 큐브형 상자를 제작했다. 케이크를 여러 개 구매하는 손님이 많은데, 이런 경우 상자를 봉투에 포개 담을 때 손잡이가 있으면 불편하기 때문이다. 손잡이 없이 쌓아 올리는 편이 오히려 편리하다.

상자를 만든 다음에는 거기에 맞는 사이즈로만 디저트를 만들었다. 기성품 상자를 쓰지 않고 따로 제작한다고 해서 단가가 저렴해지는 것은 아니다. 하지만 내가 전달하고 싶은 브랜드 아이덴티티를 더 직접적으로 표현할 수 있다는 점에서 신경을 쓴 만큼 만족감을 준 부분이었다. 구매하는 손님들도 다른 곳과 다르게 개성 있는 상자를 보고 좋아해주시는 분이 많았다. 판매하는 입장에서나 구매하는 입장에서나 즐거움을 느끼는 것을 확인할 수 있으니 점차 기성품보다는 자체 제작한 패키지가 늘어나게 되었다. 그것 또한 가게를 운영하는 즐거움 중 하나였다.

일주일에 이틀만 문을 연 이유

초창기에는 금요일과 토요일에만 가게 문을 열고 판매를 했다. 그 외의 날에는 작업에 몰입하여 신선한 제품을 내놓기 위해서였다. 화요일에는 잼을 만들고 재료를 계량하는 밑작업을 했고, 수요일과 목요일엔 직원들이 모두 달라붙어 마카롱만 만들었다. 금토에만 판매를 했는데, 나중에는 그렇게 만든 마카롱의 양마저 모자랐다. 마카롱은 크림을 샌딩한 후 크림의 종류에 따라 다르긴 하지만 어느 정도 냉장 숙성을 해야 한다. 예를 들어 일반적 버터크림일 경우 하루이틀 정도 지나야 적당히 쫀득하면서도 부드러운 식감이 나온다.

가끔 잘못 만들어진 마카롱을 보면 잘 부서지고 먹었을

때 쫀득한 맛을 찾아볼 수 없다. 이런 것들은 대개 보관을 잘못했다든지 만든 지 오래되거나 냉동실에 오래 보관해 수분이 다 날아가서인 경우가 많다.

나는 처음부터 적당히 숙성된 마카롱을 만드는 것이 목표였다. 신선한 제품을 판매하기 위해 매주 마카롱 작업을 하고 마카롱을 작업하는 동안에는 판매며 다른 작업을 하지 않았다. 그래서 적어도 일주일에 이틀은 꼬박 마카롱을 만드는 데 온전히 바쳤다.

한번은 그달에 쉬는 날이 많아 몇 주간 시험 삼아 4일을 열어봤는데 일주일에 나흘을 열건 이틀을 열건 오시는 손님은 거의 금토에 몰렸다. 첫 가게는 작업실과 매장이 구분되어 있지 않아 작업 중에 손님이 오시면 작업을 망치거나, 손님이 많이 기다리시거나 하는 일이 잦았다. 그래서 작업하는 시간과 판매하는 시간을 나눠놨던 것이다.

확장 이전 후 직원을 더 고용하고 목, 금, 토요일 오후 2시부터 7시까지 오픈하였다. 높아진 월세와 가게 유지비를 감당하기 위해서 판매 날짜를 늘린 것이었는데, 매출은 전 가게와 거의 동일했다. 어떻게 보면 나는 매출에 쫓기고 있던 것 같다. 아닌 척했지만 확장은 부담되는 일이었다.

'언제 저 쇼케이스를 다 채우지?'

이전을 한 이후 가게에 새로 들여놓은 커다란 쇼케이스

를 멍하니 보며 처음 한 생각이었다. 하지만 이런 걱정이 무색하게 나중에는 쇼케이스가 늘 가득 찼고 가끔은 자리가 없어 마카롱 자리에 케이크를 넣을 때도 있었다.

그만큼 나의 기술과 능력은 성장했지만, 내 마음은 그만큼 성장하지 못했던 것 같다. 점점 더 특별하고 더 맛있는 것을 만들어야 한다는 압박감에 예민해졌고, 신메뉴에 대한 스트레스로 가득 찬 날에는 자는 동안 꿈에서도 과자를 구울 때가 많았다. 매일 머릿속에는 뭘 만들어야 새로울까 반응이 좋을까라는 생각뿐이었다.

처음에는 새 메뉴를 개발하는 일이 즐겁고 재미있었는데, 나중에는 나의 즐거움은 사라지고, 남을 위한 의무감만 남은 굴레 같았다. 다시 예전으로 돌아가고 싶었다. 일주일에 이틀을 열어도, 얼마 벌지는 못해도 즐거웠던 그때로.

100명을 모두 만족시킬 순 없으니까

스트레스를 받는 요인 중에는 인터넷 댓글도 있었다. 초창기에는 SNS에 올라온 후기 하나하나를 마음에 두고 속상해했다. 작은 비판도 그냥 지나치지 못하다 보니 신경이 예민해지고 나도 모르는 사이 점점 지쳐갔던 것 같다.

지금도 악평들이 아무렇지 않다면 거짓말이겠지만 처음과는 마음가짐이 많이 달라졌다. 근거가 있는 비판은 받아들이지만, 말도 안 되는 말로 그저 욕만 하는 악플들은 무시할 수 있게 되었다.

많은 음식들이 그렇겠지만 디저트도 날씨나 온도 등에 영향을 많이 받는다. 비가 오던 어느 날 레몬머랭 파이를 사가신 손님에게 메일을 받은 적이 있다. 집에 가져가서 먹으

려 보니 너무 눅눅해서 앞으로는 이 제품을 먹지 않을 것이라고 쓰여 있었다. 타르트 특성상 습한 날에는 더 빨리 눅눅해질 수밖에 없다. 그날 쇼케이스에 있을 때는 괜찮았다 해도 어떤 상태로 가져가셔서 언제 드셨는지 알 길이 없으니 답답했다.

그런 피드백을 받은 뒤로는 가능하면 습한 날에는 판매 시에 빨리 드시는 편이 맛있다고 주의 말씀을 드리도록 했다. 이런 의견은 어떻게 보면 늘 최상의 상태에서 드실 수만은 없는 테이크아웃 전문 가게로서, 손님들께 조금이라도 더 맛있게 드실 수 있도록 도움을 드리는 쪽으로 발전하는 계기가 된 감사한 의견이었다.

하지만 가끔은 욕을 하기 위한 욕, 악플을 위한 악플도 있다. 아직도 어이가 없어서 기억이 나는 글이 하나 있다. '이 집 머랭파우더를 안 쓰다니 진짜 마카롱을 만드는 것이 아니다'라는 글을 유명 맛집 SNS에 올린 분이 있었다. 머랭파우더는 안정되지 않은 달걀을 안정화할 때 넣는 재료다. 잇다제과에서 마카롱을 만든 몇 년의 시간 동안 달걀에 문제가 있지 않는 한 머랭이 안정적으로 나오지 않은 적은 없다. 즉, 머랭파우더를 쓸 일 자체가 없었던 것이다.

가게를 시작하기 전 연습을 하던 시절 이미 많은 마카롱을 만들었다 버리고 다시 만들고 하는 시행착오 과정을 수 없이 겪었기에 지금은 머랭 문제로 인해 마카롱이 잘못되는 일은 없다. 마카롱의 90퍼센트는 머랭이 안정적이고 잘 나왔느냐에 따라 좌우된다고 할 만큼 머랭은 마카롱에서 절대적인 요소다.

지금 잇다제과는 계절이나 습도에 따라 조금씩 변동은 있지만 거의 일정한 공식을 가지고 머랭을 작업한다. 항상 같은 상태의 식감과 맛을 내기 위한 기본인 것이다. 이렇게 체계화된 레시피를 갖추기 어려운 분들이나 초보자 분들이 머랭을 올리거나 혹은 탄탄한 머랭을 오래 유지하고자 할 경우에 머랭파우더나 난백파우더의 도움을 받는 것이다.

첨가물을 넣지 않았기 때문에 제대로 된 과자가 아니라니 황당한 이야기였지만, 제과를 모르는 분들이 본다면 그럴듯해 보이는 말에 속을 수 있다는 생각을 하면 소름이 돋았다. 누군가는 그 글을 보고 아 머랭파우더를 안 넣는다니 저 가게 마카롱은 제대로 된 마카롱이 아닌 거군, 하고 생각할 수 있고 더 나아가 잘못된 정보를 공유까지 할 수 있다고 생각하니 어처구니가 없었다.

혹은 말도 안 되는 유언비어를 퍼뜨리는 사람도 많았다. '집이 부자라 일주일에 이틀만 해도 유지가 된다.' '안 여는 날에는 다른 곳에 수업을 나간다더라' 등등 일주일에 이틀만 여는 방침에 대한 근거 없는 추측들이었다. 판매를 하는 것은 이틀뿐이어도 일주일에 5일을 열한 시간씩 고되게 일하는 입장에서 가끔씩 이런 글을 보면 허탈해진다. 정말 그런 말대로라면 그 많은 과자는 언제 만들어지는 걸까?

"100명 중 100명 모두를 만족시킬 수는 없다."

오랫동안 장사를 하신 부모님이 자주 하시는 말씀이었다. 당연한 얘기지만 실제로 내 가게를 운영해보니 그 말씀이 정말 맞았다. 우리는 한 사람 한 사람에 맞춰서 운영되는 맞춤형 가게가 아닌 그냥 작은 과자점일 뿐이다. 운영하는 사람은 평범한 한 사람이고 그 사람이 슈퍼맨처럼 모든 사람의 요구를 들어줄 수도 없다.

어떤 손님은 좀 더 바삭한 식감을 좋아하고 어떤 손님은 좀 더 쫀득한 식감을 좋아할 수 있다. 어떤 손님은 달콤한 맛을 좋아하고 어떤 손님은 새콤한 맛을 좋아한다. 우리는 그 사이 어딘가에서 보다 많은 분들이 가장 좋다고 느끼는 맛을 찾기 위해 노력할 뿐이다. 이렇게 어느 부분은 포기할 줄 아는 마음을 갖게 되면서 그럼에도 우리 가게를 지지하고 응원해주고 좋아해주는 손님들에게서 더 에너지를 얻었다.

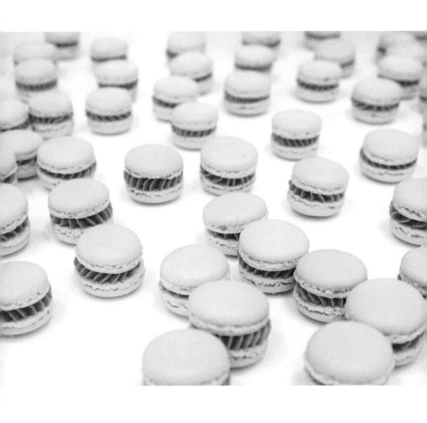

좋아하는 것과 사업을 한다는 것

부모님이 같은 동네에서 식당을 두 군데 운영하신다. 처음에 제과 제빵을 취미로 배울 때부터 응원해주셨고, 이쪽으로 진로를 정해 가게를 준비하고 운영하는 데도 많은 도움을 주셨다. 예전부터 나도 음식을 했으면 좋겠다고 생각하셨다 한다.

좋아하는 취미로 직업을 삼은 많은 사람들처럼 나 역시 처음에는 그저 과자가 좋아 만들었을 뿐이고, 가게를 하겠다는 생각을 했을 때도 그냥 맛있게 만들어 팔기만 하면 되는 줄 알았다. 하지만 나 같은 생각으로 가게를 오픈하려는 사람들에게 그것도 중요하지만, 사업할 때 필요한 다른 필수적 사항들을 공부하라고 말해주고 싶다.

예를 들면 직원 관리, 세금이나 경영 관련 법규 같은 것들을 알고 있어야 한다. 이런 부분에서 어떻게 보면 나는 운이 좋은 편이다. 평생 요식업에 종사하신 부모님께서 내가 미처 생각하지 못했던 부분들에 대해 조언해주셨기에 훨씬 수월하게 이런저런 법적, 행정적 업무들을 처리할 수 있었고, 가게를 운영하면서 일어날 수 있는 여러 가지 시행착오를 줄일 수 있었다.

앞서 말했듯 작업실을 처음 열었을 때, 나는 월세만 벌면 된다는 생각으로 메뉴를 정하고 판매를 했다. 빵을 만드는 나 자신의 인건비는 생각조차 하지 않았던 것이다. 이런 철부지를 보면서 부모님은 얼마 못 가서 그만두겠거니 생각하고 별말씀 안 하셨던 것 같다.

그러다 이 외진 동네에 손님들이 하나둘 찾아오고 평도 좋아지면서 입소문을 타기 시작하자 직원도 들이게 되었는데, 그때부터 마진율이나 직원 관리법이나 판매가 많을 때 직원에게 인센티브를 주는 방식 같은 부분들에 관해 조언을 주기 시작하셨다.

마진에 대한 고민 없이 그저 하고 싶은 메뉴, 좋은 과일 좋은 재료를 사다가 많이씩 담아주고 많이 만들어보고 테스트하고 했던 그 시절을 지금 돌이켜 보면, 과연 내가 돈을 벌긴 번 걸까 싶은 생각이 든다.

나중에 가게를 옮기고서는 월세가 꽤 많이 나가서 재료비에 월세 내는 것도 참 힘들고 가끔 몇 달은 내 인건비조차 나오지 않던 적도 있다. 돈을 벌면 또 그 돈으로 파리나 일본으로 연수며 출장을 가거나 수업을 듣는 데에 투자를 하고, 원하는 패키지가 있으면 몇천 장이 되어도 맞추고 하니, 그런 곳에 큰돈이 또 많이 나가버렸다.

이렇게 가게를 운영하는 측면에서 평가하자면 나는 결코 뛰어난 사업자는 아닌 것 같았다. 그런 고민은 지난번 가게를 할 때도 내내 이어져서, 세 번째 가게를 준비하면서도 그 부분에 관한 걱정이 컸다.

그래서 이번에 시작한 잇다제과는 부모님과 논의 끝에 부모님의 사업체인 주식회사 광릉불고기 소속으로 들어가기로 했다. 이제 매출 관리나 직원 관리, 그 외에 경영, 재무와 관련된 전반적인 시스템은 아버지 어머니가 맡아서 해주신다. 나는 메뉴를 개발하고 제품 만드는 것, 홍보와 판매 일에만 집중하면 되기에, 예전보다 신경 써야 하는 일이 적어져 마음이 훨씬 편해졌다.

이렇게 많은 도움을 받았지만 부모님과 나의 사업관은 꽤나 다르다. 예를 들면 부모님은 체인점을 전국에 60개 정도 가지고 있는 불고기집을 운영하신다. 어떤 지점들은 좋은 평을 받고 장사가 잘되지만, 원래 교육했을 때와 다른 방식으로 음식을 판매해 평이 좋지 않아져 장사가 안 되는 곳도 많다. 난 늘 그래왔고 지금도, 직접 관리를 하지 않는 체인점이라면 반대다. 나도 가서 먹지 않을 수준의 음식을 판매하는 곳이 같은 이름을 걸고 영업을 한다면 브랜드의 가치가 떨어진다고 생각한다. 동네에 있는 어느 음식점에 가서 먹고 실망한다면 다른 지역에 있는 같은 이름의 음식점을 찾지 않을 것 같기 때문이다.

하지만 부모님은 다른 관점에서 생각하신다. 많은 곳에서 실패를 한 끝에 이 식당을 자신의 생업으로 결정하고 당신들을 찾아온 사람들에게 최선을 다해 교육하는 것만으로도 그분들이 다시 일어설 힘을 줄 수 있다고 말씀하신다. 그 말씀에는 나 또한 인정할 수밖에 없는 부분이 있긴 하지만, 역시 나라면 다른 브랜드를 만들어 컨설팅을 하지 않는 이상 그렇게 체인을 하고 싶지는 않다.

최고의 직업은 '음식 장사꾼'

아버지는 안 해보신 일이 없다. 내가 어렸을 때는 슈퍼마켓을 하시다가, 과일을 판매하기도 하셨다. 초등학교 때 난 문방구집 딸이 가장 부러웠다. 예쁜 문구를 마음대로 쓸 수 있을 테니까. 하지만 과일 장사 하시는 아버지 덕에 문구는 아니지만 딸기잼은 풍족했다. 딸기철이면 작고 물러져 팔 수 없는 딸기로 엄마는 매일 딸기잼을 끓였다. 이렇게 직접 만든 딸기잼을 냉장고에 보관하면 다음 해까지 먹을 수 있었다. 식빵에 살짝 색이 진해진 딸기잼을 발라 우유와 함께 먹는 것만으로도 그날의 간식은 완벽했다.

그러다가 집안이 많이 어려워져 아빠와 엄마는 함께 백반집을 하게 되셨다. 할머니가 장사를 하시던 한옥집 옆을

개조해 여유가 없어 간판조차 없이 시작했다. 초등학교를 졸업할 때쯤의 일이라 기억이 선명하다. 어렵게 시작한 가게였지만 어느 순간부터 입소문을 타고 손님이 늘어났고, 부모님은 정말 눈코 뜰 새 없이 일을 하셨다. 나는 용돈벌이를 한다고 한쪽에서 설거지 아르바이트를 했다. 동생도 학교 마치고 오면 상을 치웠다. 그 어린 꼬마가 상을 치우니 다들 신기해했다. 그렇게 온 가족이 함께 힘들었던 그 시기를 이겨냈다.

동생은 아직도 가을 운동회 때 엄마가 바빠서 못 오셨던 것에 대해 서운함을 이야기한다. 나는 조금 더 컸을 때여서 그런지 그런 서운함은 없는데, 엄마는 너무 어렸을 때부터 우리를 제대로 돌봐주지 못했다며 아직도 미안해하신다. 하지만 힘들게 장사를 해서 나와 동생을 미대에 보내주시고, 배우고 싶다는 수업 듣게 해주시고, 먹고 싶다는 음식 다 사주신 자랑스러운 부모님이다.

그래도 나는 별로 장사가 하고 싶지는 않았다. 그때 너무 고생하셨던 부모님의 생활을 알고, 지금도 사람이며 여러 사업적 문제로 힘들어하시는 모습을 알기 때문이다. 하지만 생각과는 달리 이상하게도 어느 순간 나는 길거리에서 팔찌를 팔고 있었다. 손님에게 맞는 팔찌를 권해주고 팔고, 의견을 듣고 다시 디자인해서 액세서리를 만들었다. 또 어

느 순간에는 마카롱을 팔고 있었다. 신기하게도 하기 싫어했던 장사라는 것을 즐기고 있었던 것이다.

부모님은 그때 너무 힘들었지만, 지금도 최고의 직업은 '음식 장사꾼'이라고 생각하신다. 나는 부모님의 가치에 부합하는 사업자는 아니다. 사실 '사업자'라는 말부터가 나한테 어울리지 않는다. 난 그저 오븐 앞에서 반죽하는 게 좋았고 누군가 먹고 기뻐하면 그걸로 만족할 뿐이다. 생계를 꾸리겠다는 생각보다는 자아실현의 목적이 더 앞선다고 할 수 있다. 부모님에게 가게는 바쁘게 일해서 돈을 벌고 생계를 이어가야 하는 책임이 막중한 일이었지만, 나는 현재 내 만족이 보다 우선순위라 할 수 있다. 서로의 사업 가치관이 다를 수밖에 없는 시작점이다.

부모님의 가게는 부담스럽지 않은 가격에 좋은 재료로 넉넉한 종류의 반찬과 언제나 한결같은 맛을 유지하는 불고기를 내는 데 주력한다. 나는 최상의 재료를 사용해 다른 곳과 차별성을 둔 디자인과 맛을 지향하며 한국적인 재료로 특별하게 다가가는 부티크 제과점을 꿈꾼다. 부모님은 대중성을 중요하게 생각하며 체인점과 컨설팅에 열려 있고 대중적으로 맛있는 반찬과 양념으로 장사를 하신다. 난 앞으로도 체인점 계획은 전혀 없으며, 컨설팅도 제대로 공부하지 않는 이상은 하지 않을 생각이다. 맛있는 음식과 서비스를 사람들에게 제공하려는 목적은 같지만 그 과정은 다른 셈이다.

이렇게 서로 다른 부모님과 나지만, 부모님도 예전과 조금 달라지셨다. 나는 엄마에게 내가 다녔던 나카무라 아카데미에서 하는 일본 요리 수업을 다녀보시라고 권했었다. 분명 식당을 하는 데도 많은 도움이 될 거라는 생각이 들었기 때문이다. 하지만 부모님은 체인 사업으로 일주일 내내 일하시고 가게도 빠짐없이 나가야 하기 때문에 가고 싶어도 못 간다고 말씀하신다.

예전 같으면 아마 그런 건 무엇하러 배우러 가냐고 들은 척도 안 하셨을 것이다. 하지만 내가 매년 파리에서 연수를 듣고 오고 그만큼 나오는 결과물도 달라지는 것을 눈으로 직접 보시니 생각이 바뀌신 듯하다. 부모님의 상황은 어쩔 수 없는 부분이지만 마음만큼은 예전보다 열렸다는 생각이 든다. 서로의 영향을 받는 것이 분명하다. 나 또한 예전에는 부모님이 직원들에게 어떻게 해야 하고 어떤 식으로 운영해야 한다는 말을 귓등으로 들었는데, 이제는 직원 문제가 생기면 아버지께 먼저 여쭤본다. 이럴 때는 어떻게 해야 서로의 마음이 안 상하는지, 어떻게 해야 적절한지. 사실 부모님도 늘 직원 문제를 안고 계시지만 나보다 긴 세월 장사를 하셨기에 큰 도움이 되곤 한다.

특별함이 있는 제과점

좋아서 하는 일이라고는 하지만, 물론 돈을 버는 것도 중요하다. 돈을 벌어야 직원들 월급을 주고 배우고 싶은 것도 배우며 잇다제과에 투자를 할 수 있다. 하지만 평범한 맛으로는 손님들이 이 외딴 곳까지 찾아오지 않을뿐더러, 나도 여느 제과점들과 같은 과자를 만들어 대중적인 브랜드로 유지할 바에는 다른 일을 찾는 게 낫다고 생각할 정도로 '우리 브랜드만의 특별함'을 중요하게 생각한다. 돈을 버는 것도 브랜드의 차별성을 만드는 데서 나오는 과정이라고 생각한다.

개인적으로 좋아하는 맛과 대중이 좋아하는 맛을 조화시키고, 그러면서도 평범하지 않은 브랜드 아이덴티티를 만들어내기까지는 시간이 꽤나 걸렸다. 가게를 하고 몇 년이 됐을 때까지도 가끔씩 원래 내가 추구하던 것과 내가 당장 하고 싶은 아이템들 사이에서 갈팡질팡할 때가 있었다.

처음에는 마카롱 하나만, 한 가지 맛이라도 인정받으면 된다 싶었지만, 나중에는 당장 만들어 판매하지 않을 것들도 배우러 다녔다. 할 줄 몰라서 하지 않는 것과, 만들 줄은 알지만 메뉴를 덜어내는 단계에서 제외한 것에는 큰 차이가 있기 때문이다.

한정된 종류의 메뉴를 정하는 것도 쉽지 않은 일이다. 내가 개인적으로 좋아하는 맛 바닐라가 잇다제과의 대표 메뉴가 되긴 했지만, 점차 쇼케이스의 균형을 잡고 손님들의 요구에 맞추기 위한 맛도 많이 만들었다. 예를 들면 나는 신맛 나는 과일을 잘 먹지 못한다. 하지만 현재 잇다제과에서 마카롱 다음으로 잘 나가는 디저트를 꼽자면 레몬머랭파이를 들 수 있다. 집에서 만들 때는 부모님과 내 입맛에 맞는 디저트만 만들었다면, 가게에서 판매할 때는 손님들의 요구에 부응하기 위한 메뉴가 절반 이상은 된다.

이 일에 내 모든 것을 투자해야 원하는 목적을 이룰 수 있다고 생각하기에, 배우는 어떤 과정이 끝나면 내가 발전할 수 있는 또 다른 기회를 찾는다. 내가 우스갯소리로 하는 말이 있는데, '일을 벌이는 것은 내 취미고 그걸 힘들어도

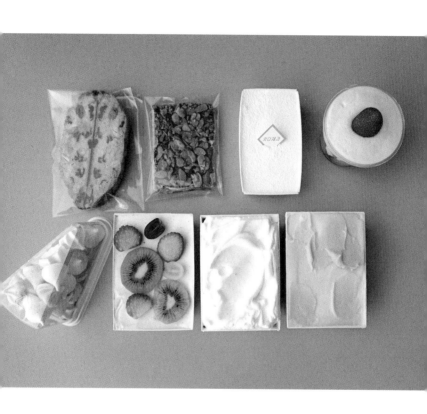

이겨내는 것이 내 특기'라는 말이다. 정말 그렇다. 어떤 과정이 끝나면 또 다른 과정을 찾는다.

어쩌면 나 혼자 일하던 처음에는 좀 안일했던 것도 같다. '이 정도면 됐지.' 이렇게 생각한 적도 있다. 그러나 지금은 내가 발전해야 직원들도 내 옆에서 계속 같이 일할 수 있다는 것을 확실히 안다. 그래서 늘 직원들에게, 또 손님들에게 계속 더 많이 노력하는 모습을 보이고 우리는 다른 곳과 다르다는 것을 알리려 한다.

잇다제과는 내 자아실현의 장이기도 하지만, 직원들이 일하는 일터이기도 하다. 힘들어도 이곳에서 일을 하면서 배우고 발전하고 있다고 직원들이 느낄 수 있는 터전이어야 한다. 내가 발전하려 노력할 때 그들 역시 그렇게 느낄 것이다. 그래서 끊임없이 일을 벌이고 배우는 것을 게을리하지 않으려 한다.

직원들과의 관계도 쉽지 않은 부분이다. 첫 가게를 시작했을 때만 해도 직원들과 격의 없이 언니동생처럼 지냈었다. 금세 친해지고 친밀감이 생기는 면에서는 좋지만, 그러다 보니 나중에 관리자의 입장에서 힘든 부분이 너무 많았다.

몇 번의 계기 끝에 적당한 선을 지켜가며 일하는 편이 나에게도 직원에게도 더 낫다는 것을 늦게야 깨달았다. 예를 들면 회식이 그렇다. 처음에는 좋은 마음으로 일이 고된 날이면 나가서 저녁도 사주고 했었는데, 어느 날 이게 직원들에게는 일의 연장일 수 있겠다는 생각이 들었다. 그 뒤부터는 꼭 필요한 날이 아니고서는 일하는 시간 외에 따로 모여 회식을 한다든지 하는 자리는 가능한 한 없었다.

대신 일 년에 한두 번 날을 잡아 작업을 최대한 빨리 마치고 다 함께 서울로 간다. 평이 좋고 손님이 많은 제과점을 돌며 디저트를 먹어보고 공부하는 시간을 갖는 것이다. 그렇게 시장조사 겸 디저트 투어를 다녀오면 직원들도 자극을 받아 메뉴 아이디어를 더 적극적으로 제안하곤 했다.

이렇게 적당한 거리와 예의를 지키면서 일할 때 직원들도 즐겁게, 더 오래 일하게 되는 것 같다.

재료 수급의 어려움

우리나라에서 제과점을 하는 것이 녹록하지만은 않다. 최근에는 동물성 생크림을 100퍼센트 사용하는 곳이 많이 늘었고, 수요도 많이 증가해 프랑스 생크림이나 외국산 동물성 생크림도 수입되어 들어온다. 하지만 처음 잇다제과를 처음 시작할 때만 해도 그런 제품은 구하기가 힘들어, 우리는 국내에서 생산되는 동물성 생크림만 받아 썼었다.

어느 날 거래처에 주문을 넣는데, 갑자기 이번 주에는 생크림 공급이 어렵다고 했다. 이번 주뿐만 아니라 다음 주가 되어도 열 개 이상은 주기가 어려울 것 같다고 했다. 평소 사용량의 절반에도 못 미치는, 턱없이 적은 수량이었다. 자세한 사정은 모르지만 생산 과정의 여러 요인들 때문에 공급에 문제가 생긴 것 같았다.

그때 마트란 마트, 백화점이란 백화점은 다 돌면서 그 주에 필요한 생크림 양을 맞추려고 얼마나 고생을 했는지 모른다. SNS에 고충을 올렸더니 감사하게도 어느 손님께서 구해다 주시겠다고 먼저 물어보기도 하셨다. 그렇게 우리가 사용하는 주재료의 공급이 원활하지 않을 때 엄청난 파급효과가 발생한다.

또 다른 주재료인 달걀 때문에 아예 일주일간 장사를 접은 적도 있다. 2017년, 양계장에서 살충제가 검출되었다는 뉴스가 나왔다. 특히 문제가 된 지역이 다른 곳도 아닌 바로 남양주였다. 그 사실을 알고서 나도 고민 끝에 영업을 잠시 쉬기로 했다. 안정성을 보장할 수 없는 재료로 음식을 만들 수는 없었다. 하지만 이런 일로 가게 문을 일주일이나 닫고 나니 손해가 막심했다. 그달의 내 인건비는 물 건너가고 월세와 관리비만 겨우 낼 수 있었다.

동네가 동네인지라 서울에서 가게를 하고 있는 지인들에게 소개받은 유통업체는 이 동네까지 배송을 하지도 않는다. 그래서 대부분 인터넷으로 발주를 하는데, 그중 아몬드 가루는 항상 많이 쓰는 재료라 따로 회사에 전화해서 50킬로그램 정도씩 받아서 썼다. 그런데 매번 상태가 달라 고생을 했다. 전화해서 요청을 해도 그때뿐이고 그다음에 주문

········· 제과에 필수적인 생크림, 달걀, 바닐라빈, 아몬드 가루 ·········

을 하면 또 상태가 다른 물건이 와서 골치였는데 다행히 이번에는 업체를 바꾸게 되었다.

이렇게 고생했던 일들을 떠올리면, 언제 또 그런 문제가 닥쳐올지 몰라 불안하다. 여느 음식 장사들도 이런 어려움들이 있겠지만, 제과에 쓰이는 재료들은 다른 재료들에 비해 신선도에 큰 영향을 받는다. 이렇게 까다로운 조건에도 우리나라의 제과 산업이 유지되는 것은 이 일에 종사하는 사람들의 애정 덕분이라는 생각이 든다. 이런저런 어려움에도 최선을 다해 최고의 맛을 내려고 노력하는 분들 덕에 그래도 제과 산업이 점점 활성화되고 있는 것 같다.

맛과 정성, 앞으로도 쭉 잇겠습니다

가끔 가게 이름이 왜 잇다제과인지 물어보는 분들이 계신다. '잇다'는 내가 빵집을 열기 전부터 닉네임으로 써왔던 이름이다. 처음 마켓에 나가며 브랜드 이름을 고민할 때부터 그 이름을 사용했고, 자연스럽게 가게 이름도 '잇다'라고 붙이게 되었다. 누구나 아는 우리말 '잇다'에는 몇 가지 뜻이 있다.

첫 번째 뜻, 주변의 시선이 어떻든 내가 좋아하는 일을 이어가겠다.

대학교 3, 4학년이 되자 친구들은 취업 준비에 열을 올렸다. 토익 시험을 치거나 취업과 관련된 자격증을 따거나 인턴 경험을 쌓는 것은 필수 요소였다. 그런데 그런 준비는 하지 않고 매일 수업이 끝나면 빵을 배우러 가니까 몇몇 친구들은 취직이 걱정되지도 않느냐고 물어보았다. 물론 마음 한편에 미래에 대한 걱정이 아예 없는 것은 아니었다. 하지만 좋아하는 일을 하다 보면 그 일에도 길이 있지 않을까 하는 막연한 믿음이 있었다.

결국 나는 파티셰의 길을 가겠다고 마음먹었다. 패션 디자인을 공부하다가 빵집을 한다고 하니, '어쩌다가……'라는 걱정 섞인 반응을 보이는 분들도 많았다. 그 밑바닥에는 패션이라는 근사한 길을 내팽개치고 힘든 빵집을 하느냐는 속마음이 깔려 있었다. 그런 말을 처음 들었을 때 나는 조금 놀랐다. 직업에 귀천이 있다고 생각하는 사람이 아직도 있구나. 컴퓨터 앞에 앉아 있으면 귀한 업이고 서서 땀 흘리며 일하면 좋지 않은 직업인가? 내가 좋은 일을 하면 그뿐 아닐까. 그런 생각을 하면서 더더욱 마음을 다잡기도 했다.

두 번째 뜻, 맛과 정성을 잇다. 지금 잇다제과에는 이 의미가 가장 크게 담겨 있다. 맛과 정성을 이어가는 잇다제과. 어떻게 보면 식상해 보일 수도 있는 문구지만 나의 최종적인 목표다.

늘 같은 마음으로 한결같이 일하는 것은 쉽지 않다. 하지만 나는 어떤 손님이 와서 하나의 마카롱을 사 가더라도 그 마카롱을 또 먹고 싶다는 생각을 했으면 좋겠다. 직원과 나 모두의 목표는 맛있는 디저트를 내는 것이다. 모두의 입맛에 맞게 만들기는 어렵다. 누군가는 부드러운 마카롱을, 누군가는 쫀득한 마카롱을 좋아한다. 또 무겁고 진한 맛을 선호하는 분이 있는가 하면 가벼운 맛을 선호하는 분도 계신다. 그건 먹어보기 전엔 본인도 모르는 취향이기 때문에, 제품을 함부로 추천해드리지는 않는다.

개중에는 극과 극의 취향을 가진 분들도 계실 것이다. 그런 분들이야 어쩔 수 없다 하더라도, 잇다를 한번 찾아주신 손님이라면 단골처럼 몇 달에 한 번이라도 다시 찾아주기를 바라는 마음으로 일을 하고 있다.

처음에 내가 생각하던 맛을 이어가자. 또한 그 맛을 만들어내는 정성도 항상 같도록 노력하자, 이런 마음으로 잇다 제과라 이름 지었다.

어딜 가나 괜찮은 양과자를 파는 제과점들은 외국 이름인 경우가 많다. 아마 유럽에서 비롯된 제과의 특성상 본토의 이미지를 살리려는 의도일 것이다.

하지만 나는 학교를 다닐 때부터 우리말 이름에 관심이 많았다. 대학교 3학년 때 자기 브랜드를 가상으로 만드는 수업이 있었는데, 그때 이름도 '나로상점'으로 지었었다. '나로 하여금 만들어진 제품을 판매하는 상점'이란 뜻이었다.

그때 나는 시즌에 맞춰 작가와 컬래버레이션 형식으로 소품이나 옷 등을 만들어내는 상점을 구상했다. 신진 작가들에게도 홍보 기회가 주어지고 흔히 마주하지 못하는 디자인을 고객들에게 제공하는 콘셉트의 가게였다. 때로는 일반인의 사진을 선정해 그 사진으로 새로운 디자인의 제품을 만드는 것도 나로 하여금 만들어지는 상점이라는 브랜드 뜻과 잘 부합했다. 가상으로만 만들어본 브랜드지만, 가게의 콘셉트와 운영 방식을 정하고 가상 제품까지 제작하는 과정이 무척 재미있었다. 이때 하나의 브랜드를 처음부터 끝까지 기획하고 시뮬레이션해본 경험이 나중에 잇다제과를 준비할 때 큰 도움이 되었다.

잇다제과도 나로상점을 만들 때 가게의 특징을 담은 우리말 이름을 지었던 것과 같은 이유로 짓게 된 이름이다. 이전부터 나는 '잇다'라는 내 닉네임에 애착이 있었다. 순우리말이었고 내가 원하는 목표가 그 이름 안에 있었으니까. 일단은 '잇다'라는 이름이 그대로 들어간 이름이었으면 좋겠다는 생각이었다.

'잇다네 수제과자', '잇다네 과자점', '잇다 마카롱' 등 여러 가지 후보가 있었지만, 그중에도 '잇다제과'가 간결하고 입에 착 붙는 것이 마음에 들었다. 처음 마카롱을 배웠던 선생님께 어떤 것이 좋을지 여쭤보고, 친한 친구들에게도 물어본 결과 역시나 잇다제과가 가장 많은 표를 받았다.

이 이름이 손님들에게는 어떻게 다가갈까? 손님들도 주변 사람들처럼 이 이름을 좋아해줄까? 실제 가게 문을 열면서 궁금했다. 다행히 여러 손님들도 한번 들으면 기억에 남는 이름이라고 말씀해주셨다. 지금 그래도 잇다제과가 어느 정도 성장했다고 한다면, '잇다제과'라는 이름의 비중이 꽤 크다고 생각한다.

'잇다'라는 이름을 처음 생각했던 계기는 사람들이 어떤 시선을 보내더라도 결국 내가 갈 길을 이어가겠다는 뜻이었다. 중간에 가게 문을 닫는 등의 부침이 있긴 했지만 지금도 어쨌든 그 이름처럼 살고 있는 걸 보면 그 이름대로 또 잇다제과를 이어가겠구나 싶다. 이 이름을 만난 건 내 인생에 너무나 소중한 조각이다.

이름에 책임을 진다는 것

물론 잇다제과는 역사가 오래된 가게도 아니고, 아직은 내가 이 업으로 가족의 생계를 책임져야 한다는 무게가 있는 것도 아니다. 하지만 비록 처음에는 베이킹을 공부하기 위한 공부방으로 출발했을지라도, 그 마음가짐만큼은 가볍지 않았다. 그때에도 나중에 제대로 된 가게를 차린다면 나만의 가치를 지켜나가는 브랜드로 가꿔가고 싶다는 마음이 있었다.

그래서 납품도 택배도 체인점도 문의를 받지 않는다. 언제나 내 쇼케이스에서 과자와 케이크가 손님께 나갈 때는 최상의 상태로만 판매한다는 원칙 때문이다.

감사하게도 잇다제과를 맛보고 좋아해주신 이런저런 곳

에서 납품을 받고 싶다고 문의 주신 적이 많다. 하지만 내 눈에 보이지 않는 곳에서 나의 제품이 나가는 것에는 도저히 내 브랜드의 이름을 붙일 수 없었다. 이런 말을 듣고 심지어 쇼케이스 앞에 CCTV를 달아 내가 늘 볼 수 있게 해주겠다고 제안한 분도 계셨지만 고민 끝에 결국 거절했다. CCTV가 아니라 더한 것이 있다 해도 모르는 일이다. 유통기한이 지난 마카롱을 판매할 수도, 실온에서 녹아버린 마카롱을 판매할 수도 있으며, 심지어 바닥에 떨어진 마카롱을 판매하더라도 내가 관리하지 않는 곳이라면 그런 것까지 어찌 알겠는가.

택배도 마찬가지다. 계절마다 날씨는 바뀌는데, 아무리

보냉백에 포장을 해서 보낸다 해도 택배 트럭 안이 그걸 다 녹일 만큼 찜통인 날이 있을 것이다. 내가 열심히, 우리 식구들과 만들어낸 과자들을 그렇게 알 수 없는 불확실성 속에 보내고 싶지는 않았다. 그래서 택배 주문도 받지 않기로 방침을 정했다.

"엄청난 자신감이네", "건방진 가게야"라고 말하는 분도 더러 있지만, 난 그저 내 일에 애정과 책임감을 가지고 있을 뿐이다. '잇다제과'라는 이름이 붙어 나가는 이상 이 이름에 책임을 지는 것이 당연하다고 생각하고 그것이 손님에 대한 예의라고 생각한다. 그리고 지켜갈 뿐이다. 이름처럼 맛과 정성을 이어가고 싶어서.

정답은? 나답게!

작으나마 하나의 사업체를 꾸려간다는 것은 보통 일이 아니다. 잇다제과를 운영하는 데도 결코 정답은 없다. 다만 언제나 '나답게' 하겠다는 마음만큼은 잊지 않으려 한다.

종종 문의가 온다. "어떻게 하면 제 가게를 차릴 수 있을까요?" 하는 정말 막연한 물음과 함께.

그 이야기를 여기에 짧게나마 쓰자면, 나도 잘 모르겠다. 지인들 중 가게를 낸 사람들을 봐도 저마다 모두 방법이 달랐고, 내 이야기는 내가 결정하기 나름이니까. 정말 좋아하는 일이 뭔지 찾아내면 그 일 안에서 방법이 보이기 마련이라고 생각한다.

그나마 내가 지금까지 생각해온 기준을 정리해보면, 첫

번째는 '맛'이고 두 번째는 '브랜드의 아이덴티티'고 세 번째는 '사람을 대하는 마음'인 것 같다. 물론 이 가운데 어느 게 먼저라거나 더 중요하다는 뜻은 아니다. 위 세 가지를 다 채울 때 만족스러운 가게의 기본이 된다는 얘기다.

이건 내가 소비자로서 삼는 기준이기도 하다. 내가 다른 음식점을 찾았을 때 좋은 곳이라고 생각하는 기준. 맛이 없다면 아무리 가게가 예뻐도 가기 싫고, 손님에게 친절하지 않은 가게는 아무리 맛있어도 가고 싶지 않다. 그리고 아무리 친절한 가게라도 다른 곳을 모방해서 음식을 내는 곳 역시 가고 싶지 않다.

맛

일단 '맛'부터 보자면, 그곳에서만 먹을 수 있는 '어떤 요소'가 있어야 한다. 단순히 '아내 요리 솜씨가 대단하니 칼국수집을 차려도 대박이 날 거야' 같은 생각으로 가게를 열었다가 어려움을 겪는 곳이 허다하다.

'거기 가면 그 음식을 먹어볼 수 있는데, 다른 데서 먹는 것과 다르게 무척 특별해.' 이런 생각이 들어야 또 가고 싶다. 내가 추구하는 맛도 그렇다. 어쩌면 누군가에게는 우리 가게의 디저트가 입맛에 안 맞을 수도 있겠지만, 나는 단지 맛있다에서 그치지 않는, '잇다제과'에서만 먹을 수 있는 디저트를 추구한다.

그리고 그렇게 잇다제과에서만 먹을 수 있는 메뉴가 바로 제철 농산물이 들어간 우리 디저트라고 생각한다. 기본적인 구움 과자와 스테디셀러도 언제나 준비되어 있지만, 특정 시기에만 먹을 수 있는, 그 계절의 과일과 재료가 들어간 우리 디저트를 늘 연구한다.

이달의 맛을 예로 들어보자면, 8월에 '옥수수 잇다롱', 9월에 '자두 잇다롱'을 만든 것이 대표적이다. 지금은 많이들 하는 맛이지만 처음 내가 마카롱을 만들 때만 해도 자두 마카롱을 본 적이 없었고 옥수수 맛도 물론 없었다.

대부분의 가게들이 갖추고 있는 메뉴는 기본적인 프랑스 브랜드의 잘 나가는 맛들뿐이었다. 하지만 우리는 프랑스와는 나는 재료도, 사람들의 입맛도 다르다. 이곳에서 맛있게 먹을 수 있는 재료를 이용한 마카롱을 만드는 것, 그것이 내가 항상 추구하는 바다.

잇다제과는 지금도 새로운 맛을 연구 중이다. 말처럼 쉬운 일은 아니다. 모든 것이 인건비고 재료비기 때문이다. 새 메뉴를 개발할 때 한 번에 원하는 대로 레시피가 딱 나오는 경우는 거의 없다. 결과가 마음에 들지 않으면 다시 처음부터 시작해야 하고, 몇 번이고 테스트를 거듭하는 일도 많다.

여덟 번을 테스트하다가 철이 지나는 바람에 다음 해를

123

기약하며 새 메뉴를 미룬 적도 있다. 새로운 맛을 만들기 위해서는 아이디어도 필요하지만, 내가 추구하는 맛이 나올 때까지 정성과 노력, 시간을 들일 열의가 절대적이다.

브랜드 아이덴티티

내가 가장 좋아했던 칭찬은 "너 같아"였다. 좋아하는 색으로 니트를 떴는데 누군가가 "색도 어쩜 너 같다"라고 해주는 말, 친구가 여행을 가서 선물을 사다 주며 "너 같아서 샀어"라고 해주는 말이 듣기 좋았다. 나다운 것을 찾아야 한다.

고등학교 때는 유행을 선도하는 트렌드 세터가 되는 것

이 꿈이었는데, 지금은 다르다. 어떤 분야에서 일하든 분명 트렌드를 알아야 하지만, 무작정 트렌드를 따른다고 성공하는 것은 아니다. 그다음을 바라보고 자신의 길을 가야 한다는 게 나의 믿음이다.

예전에는 마블 마카롱이라는 것이 없었다. 그런데 어느 순간부터 마블 마카롱 열풍이 불면서 디저트 마켓만 가도 모두 마블 마카롱을 판매했다. 처음에는 속도 많이 상하고 상자까지 비슷하게 모방한 상자에 담아 같은 가격, 같은 맛, 같은 색으로 판매하니 기가 막힐 따름이었는데, 그 마음을 아끼려고 다짐했다.

'어차피 난 내 길을 가면 되니까.'

이것이 나의 결론이었다. 누가 따라하든 말든, 남들에게 신경 쓰지 말고 나의 일에 집중하는 것이 더 중요하다고 생각했다.

같은 기본 파운드를 만들더라도 좀 더 잇다제과스러운 느낌을 전달하고 싶어서 한 번에 몇천 장씩 제작해야 하는 패키지용 종이를 주문해 인쇄한다. 그 포장으로 판매하던 파운드케이크는 잘 나가는 스테디셀러 중 하나였다.

물론 음식 장사에게 있어 가장 우선되어야 하는 것은 맛이겠지만, 맛과 이미지가 하나로 연결되는 부분이 있다. 그곳에서만 먹을 수 있는 '특별함', 그곳에서만 얻을 수 있는

잇다제과

'특별함'. 두 말은 같은 말이기도 하다.

개인적으로 리빙 페어를 1년 내내 기다린다. 그곳에 가면 지금 막 생겨난 신생 브랜드들을 한눈에 볼 수 있고 인기 있는 브랜드들의 제품을 직접 만지고 볼 수 있기 때문이다. 어떤 브랜드가 왜 잘되는지 그 이유를 알게 되니 큰 공부가 된다. 역시 '아 여기의 것은 여기의 제품 같아'라는 말이 나오는 곳들이 공통적으로 잘되는 것 같다.

기본적으로 리빙 페어나 카페쇼 같은 큰 박람회들은 한 번씩 가서 보고 오면 큰 공부가 되니, 자신의 가게를 운영하고 있거나 운영할 생각이 있는 분들이라면 꼭 가보시라고 추천하고 싶다. 이제는 모든 영역의 요소들이 다 연결되는 시대기 때문에, 단지 맛만으로는 멀리서부터 손님을 오게 할 수 없다.

사람을 대하는 마음

이따금 몇몇 손님분들은 우리 가게를 불친절한 곳이라고, 건방진 곳이라고 말씀하기도 한다. 하지만 잇다제과는 조금 다른 친절을 생각한다.

이전 작업실은 매우 작은 공간이었다. 애초에 많은 판매를 염두에 두고 그곳을 선택한 것이 아니었기 때문이다. 처음에는 작업실에 들어오는 손님 수를 제한하지 않고 문을 열어놓은 채 판매를 했다. 하지만 점점 손님이 늘어나다 보니, 성수기인 겨울이나 특별한 기념일 같은 날에는 들어오신 손님들도 추워서 손을 떨며 뒷분들이 재촉하는 소리를 들어가며 쫓기듯 메뉴를 고르셔야 했다.

안 되겠다 싶어 고민 끝에 작업실에 다섯 분씩만 들어와 달라고 문밖에 글을 붙이게 되었다. 그에 대한 불만을 이야기하는 분도 계셨지만, 일단 들어와서 마음 편하게 골라 구매하기에는 이편이 낫다는 이야기도 많이 들었다.

또 한 가지 규칙은 오픈 시간 전에는 문을 열어 드리지 않는 것이다. 오픈 전에 직원들은 출근해 있는데, 사람이 있으면서 문을 열어주지 않는다고, 각박하다고 하시는 분들도 종종 계신다. 하지만 죄송스러운 마음에도 그렇게 하는 데는 이유가 있다. 오픈 전 시간은 맛있는 마카롱과 케이크를 열심히 준비하는 시간이다. 만약 오픈 전에 오신 손님께 문을 미리 열어드리면 그분께서 구매하시는 시간, 포장하는 시간만큼 직원이 준비를 못 하게 된다. 그 결과 오픈까지 시간이 매우 촉박해진다. 잘못하면 정식 오픈 시간에 문을 못 열 수도 있는 데다, 일찍 와서 먼저 살 수 있다면 오픈 시간 자체가 의미가 없어질 것이다. 융통성 없다는 소리를 들어가면서도 정시에 오픈하는 이유가 있는 것이다.

한번은 어떤 할머니께서 시간을 잘못 알고 왔다고 사정

을 말씀하시길래 너무 힘드실 것 같은 마음에 먼저 문을 열어드린 적이 있다. 그 모습을 목격하신 한 손님분이 이럴 거면 2시 오픈 시간은 왜 있는 거냐며, 이러면 너도나도 더 일찍 와서 구매할 수 있는 것 아니냐고 말씀하셨다. 사실 내가 손님 입장이라도 충분히 그런 마음이 들 수 있는 부분이었다. 그 이후 앞으로는 2시를 정확히 지켜 오픈하겠다는 양해의 공지 글을 다시 올리기도 했다.

손님들에게 항상 웃으며 판매하자고 직원들에게 말을 하곤 한다. 하지만 우리도 사람인지라 간혹 직원이 어리다고 반말을 하거나 비싸다며 소리지르는 손님들을 만나면 마음이 안 좋다. '손님이 왕'이라는 말이 있는데, 그 말은 무조건 손님이 위여서 직원들에게 함부로 해도 된다는 뜻이 아닌, 끝없이 손님을 위한 길이 무엇인지 생각하고 손님을 최우선으로 생각해야 한다는 뜻에서 나온 말일 것이다.

손님들 역시 자신의 직장에서는 손님을 대해야 하는 입장인 경우가 많을 것이다. 그러므로 판매하는 직원이나 구매하시는 손님이나 서로 존중하는 것이 맞는다고 생각한다.

우리도 실수를 할 때가 종종 있다. 어떤 일로 불편을 끼치거나 생각지 못한 곳에서 손님께 불쾌함을 드렸을 때, 가끔 메일로 속상했다는 이야기를 해주시는 분들이 계시다. 그런 피드백을 받으면 실수를 줄이고 다시 한번 친절한 마음을 되새기며 손님들을 대할 수 있도록 늘 노력하고 있다.

감사하게도 우리 가게를 찾아주는 분들이 많아 오시는 손님들은 대부분 오래 기다리시게 된다. 늘 죄송한 마음이라 어떤 식으로 작게라도 서비스를 드릴 방법이 없을까 고민했다. 처음 떠올린 생각은 서비스 제과를 드리는 것이었다. 하지만 그렇게 하면 서비스로 드리는 만큼 나중에 원하는 품목을 구매 못 하는 손님이 계실 수 있다.

손님의 입장에서 생각했을 때 보다 편하게 기다리고 실수 없이 주문을 받는 것이 더 중요할 거라고 생각했고, 이것이 세 번째 가게를 오픈할 때 가장 많이 생각했던 부분이다. 손님들이 줄을 오래 서서 기다리셔야 하니 춥거나 더울 때마다 너무 마음이 안 좋아서 그 부분에 대해 부모님과 많은 이야기를 나눴다. 어딘가에 여행을 가고 인기 있는 맛집에 밥을 먹으러 갈 때면 괜찮은 대기 시스템이 있는지 눈여겨보았다.

그래서 세 번째 가게를 열 때 '나우 웨이팅'이라는 시스템을 들여놓았다. 웨이팅 기기에 핸드폰 번호를 적어두면 손님 차례가 되었을 때 호출해서 주문을 받는 시스템이다. 차에서 기다리다가 오셔도 되고, 주변 카페에서 커피를 마시

다가 들어와서 주문을 하셔도 되는 것이다. 그리고 주문도 직원에게 말로 하는 것이 아닌 상품을 보고 직접 주문할 수 있 셀프 주문기를 비치했다. 직원이 주문을 받는 데 시간을 쓰지 않고 들어온 주문표대로 포장을 하니 더 빠르고 정확하게 포장을 해드릴 수 있게 되었다. 포장한 제품을 드리기 전에 주문하신 내용을 한번 더 확인하면 실수가 일어날 확률이 거의 없다.

예전에는 일주일이면 대여섯 건의 포장 실수가 있었는데 지금은 많아야 한두 건이거나 아예 실수가 없을 때가 많아 무척 만족스럽다. 물론 셀프 기기로 주문하기 어려워하는 손님들이 계시면 직원이 직접 나가서 설명하고 주문해드린 다. 처음에는 어색해하시던 분들도 두 번째 방문부터는 오 히려 셀프 주문으로 하니까 말로 일일이 설명하지 않아도 돼서 훨씬 편하다면서 좋아하시는 분들이 많다.

우리의 방식이 전부 맞는다고는 할 수 없을지도 모른다. 우리가 생각하는 친절을 위해 손님들에게 불편을 요구하는 것으로 보일 수도 있다. 하지만 무조건적인 상냥함만이 친 절의 전부는 아니다. 앞서 말한 것처럼 한순간 냉정해지지 못해 먼저 오신 분께 판매를 했다가 공정성에 대한 질타를 들은 것이 그 예다. 결국 지금의 방식은 여러 시행착오를 통 해 손님들이 조금이나마 더 편하게 기다리고 구매하실 수 있도록 만든 구조다. 이것이 잇다제과가 생각하는 진정한 친절이다. 그리고 이러한 우리의 방식을 따라주시는 손님 들께 늘 감사하다.

별별 마켓

잇다제과를 시작하기 전부터, 가게를 하는 동안까지 마켓을 꽤나 많이 나갔다. 대부분은 즐겁고 보람찬 자리지만 가끔은 아닌 경우도 있다.

한번은 좋은 취지의 마켓이라 해서 나갔는데, 정말 실망을 했던 적이 있다. 청년들의 꿈을 응원하는 취지로 열리는 마켓이라고 이야기를 들었는데 알고 보니 특정 종교 단체에서 주최한 자리였다. 내가 그 종교를 믿는 것이 아니다 보니 마켓을 하는 동안 안에서는

종교 행사가 이루어지는 것이 영 불편했다. 나만 불편하다면 모르겠지만, 일부러 잇다제과 때문에 멀리서 와주신 손님들에게도 너무나 민망하고 죄송했다. 판매고 뭐고 얼른 자리에서 일어나고 싶다는 생각밖에 들지 않았던 유쾌하지 못한 기억이다. 이후로는 마켓 초청 요청이 들어올 때 어디서 주최하는지, 어떤 행사인지 더 꼼꼼히 알아보고 출점하게 되었다.

반대로 나가지 못해 나중에 너무나 아쉬웠던 마켓도 있었다. 이전에 마켓을 같이 진행한 적 있던 어떤 분이 친한 지인들과 함께 마켓을 한번 할 예정인데 같이 하겠냐고 물어오셨다. 그런데 당시 나는 어떤 작업도 못 할 정도로 정신적으로 지치고 힘들었던 시기를 보내고 있었다. 그래서 지금은 그럴 자신이 없다고 정중하게 사양했었다.

그런데 그때 그 마켓에 나갔던 멤버들은 지금 내가 꼭 만나보고 싶은 브랜드 대표분들이다. 정말로 아쉽게도 나는 그분들과 만날 수 있는 장을 놓친 셈이었다. 첫 마켓 때 우연히 만났던 손님과 지금도 인연을 이어오고 있듯이 그때 그분들과 함께 마켓을 했다면 또 어떤 인연이 생겼을지 모른다고 생각하면 더욱 아쉽다.

그런 우연들과 인연들을 만나는 것이 마켓의 또 다른 매력이기에 힘들어도 마켓을 꾸준히 나갔던 것 같다.

비스코티

잇다제과에서 어떤 과자를 많이 구웠냐고 묻는다면 확실하게 답할
수 있을 정도로 오랫동안 구운 품목들이 있다. 그중 비스코티와 레
드벨벳은 스테디 중의 스테디셀러다.

비스코티는 이탈리아어로 '두 번 구운 과자'라는 뜻이다. 그만큼
시간이 많이 들지만 한번 구워두면 꽤 오래 두고 먹을 수 있는 데다
차와 함께 먹으면 맛있어서 홈 베이킹을 하던 시절에도 많이 만들
던 과자다. 여러 가지 건과일을 듬뿍 넣어 다른 곳들과 차별성을 두
었다. 아래 레시피대로 만들면 밀가루 반죽보다 속 재료들이 더 푸
짐하게 들어가 에너지바처럼 즐길 수 있다.

성공팁
건과일은 처음 구울 때부터 바깥에 노출되면 쉽게 타버린다. 자를 때에는 무조건 완
전히 식혀서 자를 것. 식히는 시간이 오래 걸리기 때문에 못 참고 잘랐다가는 안에 있
는 건과일과 견과 때문에 모두 부서져 버린다.

🍞 1줄(약15조각) 분량
🕐 170도에서 40분, 자른 뒤 150도에서 40분

재료

버터 103g, 설탕 211g, 달걀(전란) 60g, 달걀노른자 60g,
박력분 387g, 베이킹파우더 6g, 소금 3g,
럼에 절인 건과일(건크랜베리, 건블루베리, 건무화과 등) 200g, 아몬드 150g

1 부드러운 상태의 버터를 풀어주고 설탕을 넣은 뒤 뽀얗게 휘 핑한다.

2 달걀을 4-5번에 나누어 넣어가며 분리되지 않게 섞어준다.

3 2에 가루류를 체 쳐서 넣고 가루가 보이지 않고 전체적으로 표 면이 매끄러워질 때까지 섞어준다.

4 아몬드, 럼에 절인 건크랜베리와 건블루베리, 건무화과를 3에 넣고 잘 섞어준다. 건과일들은 적어도 3-4시간 전에는 럼에 담 가두는 것이 좋다.

5 위의 재료들을 직사각 모양으로 한 덩이로 뭉쳐 베이킹시트 위에 올려 오븐 170도에서 40분 정도 굽는다.

6 꼬챙이로 찔렀을 때 반죽이 묻어나지 않을 정도로 잘 구운 뒤 식힘망에 옮겨 식힌다.

7 완전히 식으면 빵칼로 바게트 썰듯이 같은 두께로 썰어준다.

8 다시 베이킹시트 위에 패닝한 뒤 150도에서 40-50분 정도 완 전히 바삭해질 때까지 구워준다.

9 모두 구워진 비스코티는 상온에서 5-7일 정도 보관이 가능하 지만, 구운 당일이 가장 바삭하고 맛있다. 집에 있는 다른 견과 류나 건과일을 넣어서 구워도 맛이 좋다.

레드벨벳 케이크

유명 베이킹 책을 들춰 보던 중 색이 예뻐서 홈 베이킹으로 구워보았던 메뉴다. 그렇게 내 단골 메뉴가 되었다가 나중에 가게를 하면서 레시피를 조금씩 변형해가며 우리 가게에 맞는 레시피로 만들었다. 레드벨벳은 가게마다 맛이 다 다르다. 잇다제과 레드벨벳은 초콜릿 맛이 더 넉넉히 나는 것이 특징이다. 크림치즈 프로스팅을 올려 꾸덕하게 먹는 케이크다. 칼로리는 비밀!

성공팁

처음 만들 당시에는 우리나라에서 버터밀크를 구할 수 없어서 우유에 식초를 넣은 버터밀크 대체제를 만들어 사용했다. 일반적인 레드벨벳보다 코코아 파우더가 더 많이 들어간 레시피이다. 버터밀크를 구하기 어려워 우유에 식초를 섞어서 만들었지만 버터밀크가 들어가면 훨씬 진한 맛의 레드벨벳을 맛볼 수 있다.

🎂 1호 홀케이크(지름 15cm, 높이 4.5cm 정도의 크기)

⏱ 170도에서 약 40-45분

재료

케이크 시트 설탕 170g, 카놀라유 150g, 달걀 55g, 레드 색소, 박력분 212g,
코코아 파우더 20g, 베이킹소다 2/3ts, 소금 1/2ts, 바닐라 오일 1ts,
버터밀크(우유120g+식초13g)

크림치즈 프로스팅♦ 크림치즈 300g, 버터 150g, 슈가파우더 220g

♦ 설탕 베이스의 부드러운 아이싱 크림.

만들기 ────────────────────────────

1 카놀라유와 설탕을 골고루 섞어준다.

2 달걀을 두 번에 나눠 넣어가며 잘 섞어준다.

3 색소를 적당량(조금씩 넣어가며 원하는 색을 본다) 넣어주고 전체적
   으로 잘 섞이면 가루류(박력분, 코코아 파우더, 베이킹 소다, 소금)를 모
   두 체 쳐서 넣고 덩어리 없이 매끈하게 잘 섞어준다.

4 만들어둔 버터밀크와 바닐라 오일을 넣고 매끈한 반죽을 완성
   한다.

5 1호 케이크 틀에 팬닝한다.

6 170도에서 45분 정도 구워주고 나무 꼬치로 찍었을 때 반죽이
   묻어나지 않으면 꺼내서 식힘망에 식혀준다.

7 식히는 동안 프로스팅을 만든다. 크림치즈를 핸드믹서로 부드
   럽게 풀고, 버터도 다른 볼에 부드럽게 풀어준다.(하얀 크림을 위
   해서는 서울우유 버터를 사용하는 편이 좋다.) 슈가파우더는 덩어리 없
   게끔 체 쳐서 세 가지를 부드럽게 섞어준다. 단맛을 좋아하지
   않는다면 슈가파우더 양을 조절한다.

8 확실하게 식은 레드벨벳 케이크 위에 크림치즈 프로스팅을 먹
   기 좋게 짜주거나 올려준다.

9 하룻밤 정도 냉장 숙성한 뒤 먹어야 묵직하고 진한 레드벨벳
   만의 식감을 맛볼 수 있다.

• PART 3 •

다정한 디저트
탐구생활

일단 터뜨리고, 온몸으로 부딪친다

나도 사람인지라 몸이 좋지 않아 작업이 잘 안 될 때도 있고, 습도와 온도 조절에 실패한 날은 다 만든 마카롱을 모두 버릴 때도 많았다.

지금 생각해보면 왜 그렇게나 많이 망쳤던 걸까 싶은 정도인데, 사실 이유는 한 가지다. '원리'를 잠시 무시한 것. 모든 공정에는 이유가 있다. 그런데 그 공정보다 내 경험을 더 믿은 날에는 반드시 결과가 안 좋았다.

예전엔 제과의 어떤 과정을 왜 하는 것인지, 그 이유를 모두 알지는 못했다. 그저 직접 경험하고 만들어본 것이 전부였을 뿐이다. 그렇게 하라고 하니까 그대로 따랐을 뿐, 하나부터 열까지 원리를 알고 작업한 것은 아니다. 왜 머랭을 만들 때 계절마다 상태가 달라지는지, 제누아즈에 밀가루를 조금 덜 섞는다고 떡이 져서 나오고 많이 저었다고 떡이 져서 나오는지. 이론을 처음부터 하나하나 배우지 않는 이상 항상 부족한 부분이 있다.

르 꼬르동 블루를 졸업하고 나서는 나카무라 아카데미에 들어가 일본 제과와 프랑스 제과 품목들을 모두 배우고 싶었다. 그런 제과 아카데미는 대부분 대학원을 가는 것에 맞먹는 금액이 든다. 안 그래도 르 꼬르동 블루도 부모님이 학비를 내주셔서 다녔었는데, 곧바로 나카무라 아카데미에 다니겠다고 하기는 마음이 부담스러웠다. 추후에 여유가 생기면 내가 번 돈으로 다니고 싶었다.

제빵을 배운 르 꼬르동 블루의 제과 과정을 고려하지 않은 것은 아니지만 결국 나카무라 아카데미를 선택한 것은 한국 사람 입맛에 더 맞는, 철저한 공식이 있는 제과를 배우고 싶었기 때문이다. 대충 이 정도 반죽하면 된다는 식이 아닌, 이건 몇 퍼센트 반죽이 된 것이고 약 20-25회 정도 더 섞어줘야 한다, 나에게는 이런 디테일이 필요했다. 그리고 그걸 채워줄 학교는 나카무라 아카데미였다.

하지만 손님이 급격히 늘고 작업실에 직원을 들이면서 다니고 싶던 학교는 당장의 삶에서 점점 멀어졌다. 나중에는 좋은 가게 자리가 생겨 이사까지 급히 하게 됐다.

　이사를 하고 장만한 쇼케이스는 원래 쓰던 것보다 훨씬
컸다.

　'저 쇼케이스에 무얼 넣지?'

　종종 연수를 받으러 파리에 나가고 베이킹 스튜디오에
수업을 들으러 한번씩 간다지만, 사실 자신이 없었다. 제과
책을 보면 그대로 만들어낼 수는 있었지만 그렇게 해야 하
는 이유, 어떤 재료를 어떻게 했을 때 그렇게 되는 원리, 이
론이 부족했다. 다시 처음부터 짚어나가는 의미로 학교를
다니고 싶다는 생각은 점점 더 간절해졌다. 그 생각이 새삼
크게 들었던 어느 날 나카무라 아카데미 홈페이지에 들어
가니, 다음 주에 새 학기 인원을 모집한다는 공지가 떠 있

었다.

어쩌면 이건 운명이라는 생각이 들었다. 결심이 선 나는 그다음 주에 바로 아카데미에 입학 신청서를 보냈다. 가게를 운영하면서 학교를 다녀야 하니, 종종 많이 바쁜 날 매장을 지키지 못하는 상황이 오면 후회가 들기도 했다.

'내가 너무 욕심을 부렸나?' 하는 생각도 들었다. 하지만 결과적으로 보면 후회는 한순간이고, 당시 잃었다고 생각한 것보다 많은 걸 얻었다. 학교를 다시 다니자 처음 이 일을 하려고 마음먹었던 때의 기분이 들어 좋았다. 이론에 대해 하나둘 완전히 알아가는 만족감이 들었고, 새로운 메뉴를 더 다양하게 연구할 수 있는 기본기가 다져졌다.

이전에는 같은 레시피라도 만들 때마다 상태가 다르게 부풀거나 다른 식감이 나는 일이 많았다. 그런 상황이 오면 그 이유를 잘 몰랐기 때문에 될 때까지 다시 만들고 또 만들고 하는 힘든 과정을 거쳤었다.

하지만 이론적인 부분을 알고 나니, 케이크 상태를 보면 이래서 덜 부풀었구나 이래서 더 기공이 크구나 하고 바로 문제의 원인을 파악할 수 있었다. 전 같으면 서너 번 반복해야 성공할 것도 잘못됐던 부분에 더 주의해서 작업하면 곧바로 실수 없이 결과가 나왔다. 소모적인 시간이 많이 단축된 것이다.

항상 나는 그런 것 같다. 일단 터뜨리고, 그다음에 온몸으로 부딪치며 이겨낸다. 나카무라 아카데미를 갈 때만 해도 가게와 공부 두 가지를 다 성공적으로 하는 데 어려움이 있었지만, 어쨌든 그 시기를 잘 버텨냈고, 그만큼 발전했다. 앞으로도 언제든 내가 필요하다고 생각되면 그런 도전을 주저하지 않을 것이다.

완벽한 마카롱을 만들기 위해

매년 장마철이 되면 하루하루가 긴장의 연속이다. 습도에 따라 과자를 굽는 시간과 온도를 바꿔야 하고 그게 잘 맞지 않았을 경우는 마카롱 전체를 다 버리기도 한다. 재료들의 유화(서로 다른 물질이 분리됨 없이 잘 섞이는 것)를 제대로 체크하지 않았다가 크림 때문에 샌딩까지 마친 마카롱을 버린 적도 많았다. 레몬 커드를 너무 많이 끓여 달걀 찐 냄새가 나서 못 쓰게 된 적도 있었다. 보통 작업을 망칠 때는 원인의 80퍼센트가 마카롱 크림 때문이다.

한번은 여름에 옥수수마카롱의 수분을 잡지 못해 판매한 다음 날 보니 통에 있는 마카롱들이 수분을 잔뜩 먹어 잘 부서지는 상태가 되었다. 원래의 식감과 너무 많이 달라져,

전날 구매하셨던 분들에게 모두 환불해드리겠다고 공지를 올렸다. 환불 결정을 내릴 때는 무척 조심스럽다. 그런 일이 한번 생기면 내가 항상 맛있는 제품을 만들어낸다고 생각하는 손님들에게 괜히 '오늘은 괜찮은 걸까?'라는 불안감만 드리는 것일 수도 있기 때문이다.

장사를 하는 입장에서 금전적 손해도 무시할 수 없는 문제였다. 만들어놓은 마카롱은 모두 버렸고, 전날 판매한 마카롱까지 모두 환불하게 되었으니 그 주는 꼬박 열심히 장사를 해도 남는 것이 없었다. 하지만 당장의 타산보다 그렇게 상태가 좋지 않은 마카롱을 손님들이 드실 것이라는 걱정이 앞섰다. 고민 끝에 결국 환불을 해드리기로 했다. 그래선 안 되겠지만, 만약 다시 같은 상황이 와도 똑같은 결정을 할 것이다.

보통 신제품을 만들면 다음 날도 먹어보고 그다음 날도 먹어보고 손님들께 드시라고 하는 그 시일(보통은 2-3일) 안에 내가 먹어본 뒤 정식 출시를 한다. 그런데도 문제가 생길 때가 있는 것이다. 재료의 상태가 늘 같으면 좋겠지만 농산물이란 것이 어떤 때는 수분이 많고 어떤 때는 수분이 적고, 늘 상태가 다르다. 바삭함과 쫀득함, 부드러움을 동시에 구현해야 하는 마카롱 같은 섬세한 음식은 이런 재료 상태에 따라서 매번 같은 결과가 나오지 않을 위험이 크다.

재료도 재료지만 내 컨디션을 잘 챙기지 못하면 늘 하던 작업도 안 되는 경우가 있다. 취미라도 있으면 그 일을 하며 스트레스를 풀 텐데, 한창 힘들 때는 취미라고 할 만한 것이 아무것도 없었다. 취미로 시작했던 일을 업으로 삼았기 때문이다. 좋아하는 일로 밥벌이를 하다니 어떻게 보면 행복한 삶이지만, 그 일이 고역이 되었을 때는 잠시 빠져나가 쉴 안식처가 없다.

다행히 가게가 어느 정도 자리를 잡고 난 다음에는 소소한 기쁨을 찾아내었다. 전날 판매하고 남은 케이크와 어설픈 솜씨로 내린 커피로 테이블을 차린다. 그리고 부엌에 앉아 좋아하는 노래를 틀어두고 아이디어 노트를 정리하거나 여행 계획을 세운다.

가게에 매여 있는 몸이기에 자주 여행을 다닐 순 없지만 언젠가 떠날 여행을 꿈꾸는 것만으로도 행복감을 느낀다. 생각해보면 일을 하면서도 내가 제일 좋아한 건 여행이었던 것 같다. 잠시 생활을 벗어나 홀가분한 마음으로 맛있는 식당과 카페에 가거나 전시를 보거나 좋아하는 공간에서 마음의 휴식을 취할 수 있기 때문이다.

여행 때 무엇을 입을지 고른다거나 여행지에서 사 올 도구를 적어둔다거나 하는 식으로 사소한 계획을 짜는 것도 여행의 즐거움이다. 여행에서 방문할 카페나 맛집을 찾아

표시해두고, 특히 쇼핑을 할 곳도 미리 살펴본다. 다른 것이 아니라, 그곳에서만 파는 특별한 도구나 그릇, 찻잔들을 살 수 있는 곳을 들르는 것이다. 이런 가게들을 돌아보고 나면 매번 짐꾼이 되어서 돌아다니게 된다. 어깨는 무겁고 다리는 아파도 가게 생각에서 벗어나 말없이 새로운 것을 눈으로 마음으로 기록하고 오면 스트레스도 사라지고 새로운 활기를 얻을 수 있다.

다시 먹고 싶은 디저트

이전의 다른 제과점들과 우리 가게의 가장 큰 차이점은 아마도 매달 바뀌는 마카롱 맛과 케이크들일 것이다. 달마다 계절마다 새로운 과일이 나오고 날씨에 따라 먹고 싶은 디저트가 달라지는데, 같은 메뉴만 늘 똑같이 계속 만드는 건 재미가 없다. 그래서 우리는 매달 조금씩 마카롱 구성을 바꿔 그달의 '잇다롱'이라는 이름으로 내놓는다.

나는 예전부터 시장에 가는 걸 좋아했다. 새로운 과일이 나오면 맛을 보고 괜찮으면 사 와서 이것저것 생각해보고 만들어보고 하는 게 너무나도 즐거웠다. 처음에는 하고 싶은 게 많아도 실제로 할 수 있는 능력에 한계가 있었다. 그때는 언젠가 해보고 싶다고 막연히 생각만 했는데, 나 나름대로의 레시피가 쌓이고 연수도 받고 하고 싶은 걸 계속 연습하다 보니 점점 아이디어가 떠오른 대로 만들 수 있게 되었다. 나중에는 하고 싶은 게 많아져 쇼케이스에 케이크 진열이 어려워졌을 정도다.

마카롱은 매달 여섯 가지 맛을 준비하는데, 그중 세 가지는 매번 바뀐다. 보통 메뉴 제안과 테스트 작업을 한 뒤, 먹어보고 직원들과 서로 의견을 나누는 과정을 통해 메뉴를 확정짓는다.

기본 맛은 현재 하절기 기준으로 바닐라, 솔티캐러멜, 얼그레이금귤 이렇게 세 가지 맛이며, 나머지 세 가지는 그때그때 다른 메뉴로 바뀐다. 봄에는 보통 상큼하고 부드러운 맛(라즈베리, 블루베리, 녹차베리 등), 여름에는 더 새콤하고 과일이 많이 들어간 맛(레몬, 라임, 매실, 자두 등), 가을에는 조금 더 부드럽고 묵직한 맛(라테, 무화과, 애플시나몬 등), 겨울에는 진한 단맛(누텔라, 레드벨벳, 마롱, 쇼콜라 등), 이런 식으로 메뉴가 구성된다.

계절 메뉴가 되었건 지금 나오는 과일 맛이 되었건 지난해에 인기 있던 품목은 손님들이 찾아 다시 만들게 된다. 여름에는 초콜릿으로 만든 메뉴가 조금 무겁다 보니 잘 안 만드는데, 그래서인지 겨울이 다가올 무렵이면 스테디셀러인 레드벨벳 마카롱이나 초코바닐라 마카롱을 찾는 손님들이

4월의 잇다롱

바닐라　솔티캐러멜　밀크티　라떼　자몽　녹차베리

구월의 잇다롱

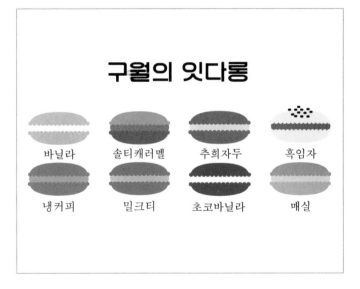

바닐라　솔티캐러멜　추희자두　흑임자

냉커피　밀크티　초코바닐라　매실

많아진다. 찬바람이 불기 시작하면 "다음 달이면 초코 마카롱이 나올까요?"라고 물어보시는 단골손님이 많아서 신기하다.

'다시 먹고 싶은 맛'이 있다는 건 정말 기분 좋은 일이다. 나는 메뉴를 개발할 때 일회성 디저트를 만들려고 한 적은 없다. 그래서 가끔 손님들이 '그 맛'이 그립다고 메일이나 메시지를 주시면 정말 감사하다.

'늘 서울에서만 열리는 마켓에서만 먹다가 드디어 매장을 가보네요. 이번엔 체리 티라미수가 꼭 있었으면 좋겠어요. 체리 초코는 이제 더 안 하시나요?'

'혹시 누가 제작 계획은 없으신가요? 전에 먹었던 딸기 누가와 아몬드 누가가 다시 생각나서 문의드려봅니다!'

그중에는 연차까지 내서 찾아주시는 분도 계시고, 전에 먹어보고 맘에 들었던 맛이 있는지 문의를 주시는 분도 계신다. 간혹 지금 하지 않는 메뉴를 찾으시는 분이 있으면 감사하면서도 죄송하고 나 역시 안타까운 마음이 든다. 누군가가 다시 찾게 되는 맛을 만들었다는 것은 얼마나 보람찬 일인가. 그래서 늘 생각한다. 다시 먹고 싶은 맛을 만들고 싶다고.

우리 재료로 만든 맛

내가 처음 가게를 열고 마카롱을 만들 때만 해도 마카롱 전문점은 손에 꼽을 정도였다. 그런 곳들에 가보면 대부분 쇼콜라, 프람부아즈, 캐러멜 등 프랑스 제과점에서도 똑같이 살 수 있을 법한 맛들이 전부였다. 아무래도 프랑스의 과자다 보니 현지에서 만들어지는 정통 메뉴를 그대로 소개하는 데 중점을 두었을 것이다.

그것도 나름대로 의미가 있겠지만, 그런 일률적인 메뉴를 보면서 나는 우리 재료들을 사용해보면 어떨까 하는 생각이 들었다. 프랑스와 우리나라는 물리적 거리만큼이나 각자 땅에서 나는 작물이 다르다. 외국 과일 맛을 만든다면, 결국 생과일이 아닌 퓌레를 사용할 수밖에 없다. 그래서 난

우리나라에서만 먹을 수 있는 우리 재료로 만든 맛이 있으면 좋겠다고 늘 생각했다.

예를 들면 매실이나 자두, 제주 녹차, 금귤 같은 재료들을 사용해 마카롱을 만들었다. 즙을 내서 커드를 끓이고 잼을 만드는 등 기성 맛이 아닌 맛을 내려면 정말로 일이 많다. 하지만 그 맛이 강하면 강한 대로, 부드러우면 부드러운 대로 이곳에서만 먹을 수 있으니까 그게 의미 있고 가치 있는 일로 여겨졌다.

각 재료로 적당한 맛과 식감을 내는 잼을 만들기는 결코 쉬운 일이 아니었다. 매실 같은 과실은 떫은맛이 많기에 단맛이 강한 황매실을 사용하는 것이 더 새콤달콤하다. 일반 조생귤은 수분이 너무 많아 잼을 만드는 시간이 다른 재료에 비해 두세 배 이상 들었고, 그렇다고 너무 많이 끓이면 감기약 같은 맛이 나서 개선하기까지 고충이 많았다. 자두는 많이 끓이면 향은 날아가고 단맛만 남아서 향이 짙은 종을 써야 하기에 시기를 기다렸다가 그 자두가 나오면 넉넉히 구입해 사용했다. 금귤은 씨를 발라내는 것이 큰일이었다.

특별한 날이 있는 때에는 그 시기에 어울리는 메뉴를 만들기도 했다. 핼러윈데이가 있는 10월이 되면 향신료를 넣고 만드는 제과나 마카롱 메뉴를 만들었는데, 좋아해주시는 손님들이 많았다.

또 10월은 사과가 맛있는 계절이기도 하다. 그래서 애플시나몬 맛을 몇 년간 계속했었다. '올해도 애플시나몬이 나오겠지요?'라고 10월이 오기 직전에 물어보는 손님이 계시면 어렵게 제철 과일로 만드는 고생이 눈 녹듯 사라진다.

과일 전쟁

사실 매일이 과일 전쟁이다. 특히 딸기는 무르기 쉬운 과일이라 딸기에 얽힌 고생담이 많다. 크리스마스나 딸기철이 오면 딸기를 주재료로 하는 메뉴를 많이 만들기 때문에 딸기를 함께 구하러 다니느라 아빠가 자주 고생하셨다. 가끔 주문한 딸기가 모자라는 사태가 발생하면 가게에서 그날의 제품을 만드느라 바쁜 나 대신 아빠가 시장을 돌아다니면서 딸기를 구해다 주시곤 했다.

케이크에 들어가는 딸기는 단 것보다는 약간 새콤한 것이 더 어울린다. 또 알이 너무 크면 장식용으로 예쁘게 마무리되기 어렵기 때문에 적당한 크기의 딸기가 제과용으로는 더 좋다. 모양과 크기가 모두 중요하기에 구매할 때는 늘 직접 꼼꼼히 확인하고 가져온다. 하지만 거래처에서 보내줄 때 날이 유난히 날이 따뜻하거나 하면 배송 오는 동안 상태가 안 좋아지는 경우도 있다.

한번은 여름에 딸기를 쓴 적이 있다. 철이 아니다 보니 한 알에 가격도 매우 비쌌다. 그래도 새콤달콤하고 모양이 예뻐서 장식용으로 사용하려고 큰맘먹고 특별히 택배로 받은 것이었다. 그런데 막상 도착한 상자를 열어보니 다 망가져 있었다. 그때 다 물러진 딸기를 보는 심정이란……. 나도 직원들도 낙심하고 대부분 버릴 수밖에 없었다. 그럴 경우엔 다른 동네 마트까지도 발품을 팔며 구해야 했다.

케이크 특수인 크리스마스 때도 딸기 값이 폭등한다. 어떤 때는 재료 값만 겨우 건졌다고 생각될 만큼 딸기가 비싼 적도 많았다. 크리스마스 시즌은 홀케이크를 미리 예약받고 만들기 때문에 재료 값이 올랐다고 가격을 올려 받을 수는 없었다.

비교적 흔치 않은 과일로 작업할 때도 재료를 구하는 데 어려움을 겪기 쉽다. 보통 쇼트케이크를 판매할 때는 아침에 케이크를 굽고 저녁에 샌딩을 한다. 한번은 망고 쇼트케이크 시트를 구워두고 아 이제 망고를 잘라야겠다, 하며 망고를 딱 깠는데 속이 다 까맸던 적이 있다. 하늘이 캄캄

했다.

"망고가 다 상해서 어떻게 하지……."

시트까지 다 구워두었는데 너무나 속이 상했다.

"지금 다른 마트에 가서라도 사 와볼까요?"

마찬가지로 깜짝 놀란 직원이 물어봤다.

"아니에요. 이 동네는 좋은 망고를 파는 가게가 없더라고
요……."

애초에 근처에 괜찮은 망고를 들여놓는 곳이 없어서 멀
리서 주문을 한 것이었다.

"아니면 다른 과일이라도……."

"너무 늦어서 구할 수 없을 거예요. 그냥 공지를 올리고
오늘은 쇼트케이크를 포기해야겠어요."

"내일이라도 과일 가게에 전화해봐야겠어요……. 손님들
이 망고 케이크 기다렸을 텐데 어떻게 해요."

하지만 결국 내일 망고 케이크가 나오지 않는다고 공지
를 올릴 수밖에 없었다. 몇몇 분이 너무 아쉽다고 댓글을 남
겨주셨다. 나 역시 돈과 재료를 버린 것 못지않게, 손님들과
의 약속을 지키지 못하게 된 것이 너무 아쉬웠다. 지금도 과
일을 확인할 때면 그때 같은 일이 혹시 벌어지진 않을까 마
음을 졸이곤 한다.

배움에는 끝이 없다

내가 처음부터 마카롱 가게를 하려고 했던 것이 아니었다고 말하면 모두가 놀란다. 난 원래 빵집을 하고 싶었다. 하지만 막상 공부를 해보니 빵 가게는 혼자 소소하게 운영하기에는 어려운 점이 많았다. 한 번에 어느 정도 양 이상은 만들어야 인건비와 재료비가 나오는 데다 당일에 만든 빵을 모두 판매해야 하는데, 일반 프랜차이즈와 비교해서 가격이 더 비싼 빵을 손님들이 많이씩 구매하기를 바라는 것은 아직 인지도가 없는 가게에서는 어려운 일이었다. 게다가 빵은 전반적으로 디저트보다 반죽이 더 무겁다. 그 무거운 반죽을 하루 종일 손으로 성형하고 만져야 하는 것은 무척 힘든 노동이다.

혼자서 빵집을 운영하기는 어렵다는 판단이 섰을 때 눈에 들어온 것이 마카롱이었다. 마카롱은 이미 많이 만들어보고 마켓에서 판매도 여러 번 해봐 익숙했다. 만든 마카롱을 친구들과 함께 나눠 먹으면, 친구들이 "난 네가 정말 마카롱 가게를 했으면 좋겠어"라고 말하곤 했다. 정작 그때는 "아니야 나는 마카롱 가게 할 생각이 아니고⋯⋯ 그냥 재밌어서 하는 건데." 이렇게 대답하곤 했는데, 문득 '재밌어서 즐기는 품목을 하는 게 맞지 않을까?'라는 생각이 스쳐 지나갔다.

그때부터 더 열심히 연습하고 레시피를 만들어갔다. 처음에는 마카롱에만 중점을 두고 연구를 했고, 점차 케이크나 타르트 같은 다른 품목들로 영역을 넓혔다.

웬만한 건 다 할 줄 알게 된 뒤에도 이론적으로나 원리 같은 부분에 취약해 이 부분을 늘 더 배우고 싶다고 생각했다. 르 꼬르동 블루는 제빵 과정이었기에 제과 부분을 더 자세히 공부하고 싶었고, 그래서 나카무라 제과 과정에 등록했다. 가게와 병행하기 쉽지 않았지만, 원했던 공부를 실컷 할 수 있어서 역시 다니길 잘했다는 생각이 들었다.

학교를 수료한 이후에도 파리에 일 년에 한번씩 나가

파리 연수에서 작업 중인 팀원들과 셰프

서 단기 과정을 들었다. 에콜 벨루에콩세유라는 학교였는데, 지금은 많이 알려져 한국에서도 많이들 와서 듣고, 심지어는 프랑스 셰프들이 한국에 와서 특강을 할 정도지만 2014년에만 해도 한국 사람이 워낙 없던지라 나를 보고 모두들 의아해했다. 단기로 배우기 좋아서 일주일 동안 학교를 다니고 다른 일주일은 여기저기 가게들을 돌아다니며 먹어보고 공부하는 시간을 가졌다.

커리큘럼은 홈페이지에 들어가서 봐도 되고, 전문 통역 선생님이 계셔서 그분에게 요청해도 되는데 나는 처음부터 통역을 부탁드려 함께 수업을 들어갔다. 마담빠리라는 분인데 지금도 꼭 수업 때문이 아니더라도 파리에 가면 같이 맛있는 음식도 먹고 여러 가지 상담도 하고 조언도 얻는 파리에 계신 이모 같은 분이다.

그곳에서 수업을 들을 때는 낯선 땅에서 다른 나라 사람들과 함께 같은 디저트를 배우고 만든다는 사실에 긴장도 되고 설레는 기분도 든다. 그런 기분이 다음 해가 되어도, 그다음 해가 되어도 똑같이 들어서 신기하다. 익숙해질 것 같지만 갈 때마다 걱정되고 또 잘 지내다 돌아온다.

마지막에 최연소 제과 명장에게 수업을 들을 때는 파리의 가게에서 셰프로 있는 친구와 이야기를 나누게 되었다. 그 친구가 한국에 놀러가 보고 싶다, 이런 이야기를 하며 친

·············· 연수 마지막에는 만든 제품 프레젠테이션을 한다 ··············

근하게 다가와 인스타그램 아이디를 나눴다. 한국에 돌아와 얼마간이 지난 어느 날, 정말로 메시지가 왔다. 반가운 마음에 열어보니 이상하게 번역된 한국어라 무슨 말인지 파악하느라 쩔쩔맸다. 답장을 보내려니 '그럼 나도 프랑스어로 번역해야 하나?' 하는 생각이 들었다. 고민 끝에 프랑스어 번역기로 번역해 보냈는데 그 친구 역시 잘못 알아들어서 우리 둘 다 동문서답하는 대화가 오갔다. 나중에 서로 잘못 이해한 걸 알고 얼마나 웃기던지……. 그만큼 서로 말이 통하지 않아도 제과라는 공통의 관심사가 있다면 친구가 될 수 있음을 깨달았던 에피소드다.

파리에서 배운 레시피들을 한국에 와서 업장에 적용하는 데는 시간이 걸렸다. 아무래도 제작하는 과정이나 필요한 재료가 다르기도 했고 한국에서 나지 않는 재료도 너무 많았다.

나 역시 그 레시피를 그대로 사용하는 것은 별로 원치 않는다. 우리나라에서 재배되면서 향과 맛을 살릴 수 있는 재료로 제품을 만들고 싶었다. 그래서 우리 식으로 재료와 조합을 바꿔가며 테스트해서 나만의 레시피를 만들어냈다. 예를 들어 원 레시피가 만다린을 사용해야 하는 것이라고 해보자. 그런데 한국에는 프랑스와 같은 만다린이 나오지 않고 퓌레도 안정적으로 유통되지 않는다.

이런 경우 당연히 그 대체재를 찾아야 한다. 나는 배워 온 레시피에 여러 감귤 종류를 테스트해보았다. 재료가 다르다 보니 잼이 더 묽거나 향이 옅게 나오는 경우가 많았다. 만다린은 향이 매우 짙고 새콤해서 열을 조금 더 가하더라도 향과 맛이 많이 변하지 않는다. 그에 비해 우리나라 감귤은 생으로 먹을 땐 달지만 끓이면 어릴 적 먹던 귤맛 감기약 맛이 난다. 그래서 비슷한 여러 재료를 뒤져 향이 강한 금귤이나 유자를 사용했다. 이것들은 열을 가하더라도 향이 크게 변하지 않는다. 오히려 한국적 특색이 더 살아 있는 맛이 나온다.

이런 노력들 끝에 매달, 매주 새로운 메뉴가 나올 수 있었다. 나중에는 새 메뉴 개발 때문에 많이 지치기도 했지만, 역시 그런 과정들을 거쳤기에 깨달은 것도 분명 많았다.

카페쇼 출점

마켓을 늘 나가면서도 꼭 한 번 참여해보고 싶은 행사가 있었다. 바로 코엑스에서 매년 열리는 서울 카페쇼. 한국에서 열리는 업계 최대의 박람회이기에 이 일을 하는 이상 언젠가는 그곳에서 잇다제과의 맛을 알리고 브랜드가 성장할 수 있는 기회를 만들고 싶었다.

2017년 11월, 고대하던 코엑스 카페쇼에 나가게 되었다. 두 번째 가게를 그만둔 2018년 1월에서 3개월 전인 시점이었다. 그때만 해도 내가 가게를 그만둘 것이란 생각을 하고 나간 것은 아니었다. 그냥 지금 아니면 못 나갈 것 같다는 생각에 직원들에게 의견을 물어봤다. 엄청 힘들겠지만 큰 경험이 될 것이라고 말을 하며 물어봤는데, 모두들 찬성이었고 심지어는 정말 나가고 싶던 박람회였다며 기대하는 직원도 있어서, 더 힘을 내서 준비를 했다.

부스 비용이 만만치 않았는데, 왜 그런 생각이 들었는지 모르겠지만 앞으로는 나갈 기회가 없을 것이라는 생각에 부스를 두 개 빌렸다. 쇼케이스도 이전부터 가지고 싶었던 금색 쇼케이스를 빌리고, 벽도 좋아하는 짙은 로즈색을 발랐다. 인테리어를 전부 업체에 맡기면 돈이 너무 많이 들기에 글씨를 직접 만들어 하나하나 붙이고 큰 접이식 테이블에 어울리는 천을 시장에서 구해다가 깔았다.

쇼케이스에 어떤 디저트를 디자인해 넣을지, 그리고 양은 얼마나 생산해야 할지도 너무나 고민이 되었다.

돈을 내고 들어와야 하는 박람회이기에 일부러 마카롱을 사러 오셨는데 품절되어 있으면 안 될 터였다. 조금 남더라도 넉넉히 만들자는 생각에 몇 주간 마카롱을 더 많이 준비하고 구웠다. 마카롱만 해도 5천 개를 준비하느라 정말 힘들었다. 쉬는 날에도 나가서 계량을 해두고, 부모님도 함께 고생해주셨다.

지금 와서 생각해보면 내가 이 가게를 언제까지 할 수 있을까 하는 생각을 2017년에 내내 하고 있다 보니 지금 아니면 못 나갈 것 같다는 생각에 무리해서 참여하게 되었던 것 같다.

박람회는 다행히도 성공적으로 마쳤다. 단골손님들도 많이 와주셨고, 잇다제과를 처음 보는 분들은 독특하고 가보고 싶은 브랜드라며 이야기를 나누고 싶어 하셨다. 마카롱도 곧잘 판매가 되고, 직원들도 끝까지 열심히 작업해줘서 무척 고마운 시간이었다.

바닐라 시폰 케이크

누군가 내게 어떤 케이크를 좋아하느냐고, 혹은 다른 제과점에 가면 무엇을 많이 먹느냐고 묻는다면 생과일 케이크나 타르트라고 대답할 것이다. 좋아하는 만큼 처음에 더 많이 연습하고 만들어봤던 메뉴다.

한국 사람들은 달지 않은 케이크를 더 선호한다. 나 또한 달지 않으면서도 재료의 맛이 풍부한 케이크를 더 좋아한다. 시폰 케이크는 크림 없이 시트만 먹어도 폭신하고 부드러워 부모님과 나 모두 좋아해 자주 구웠었다. 부드러운 생크림을 흐르듯 부어주어 먹는 것도 맛이 좋다. 잇다제과에서는 스페셜 케이크로 시폰 홀케이크를이 많이 냈다. 케이크 중앙에는 생과일을 조그만 사이즈로 잘라서 크림과 함께 올려 주거나 다른 무스크림을 넣어 굳혀서 독특한 스타일의 케이크를 만들었다.

성공팁

머랭에 설탕이 많이 들어가지 않는 레시피이므로 금방 버글거릴 수 있다. 버글거리지 않게 머랭을 부드럽게 올려주어 바로바로 공정을 이어가는 것이 중요하다.

🧁 18cm 시폰 틀 2개 분량

⏱ 오븐 160도 45분

재료

시트 달걀노른자120g, 설탕60g, 카놀라유120g, 물100g, 우유100g, 박력분 180g, 베이킹파우더6g, 바닐라빈 1개

머랭 달걀흰자 240g, 설탕 128g

크림 생크림 300g, 설탕 18g, 꿀 12g

182

만들기

1   달걀노른자를 볼에 담아 거품기로 멍울을 푼 뒤 설탕을 넣고
    연한 크림색이 되고 두 배로 부풀어 오를 때까지 충분히 젓다
    가 물과 카놀라유, 우유를 넣고 저어준다.

2   밀가루, 베이킹파우더를 체에 2번 정도 내려 반죽에 붓고 바닐
    라빈을 긁어 넣어 거품이 꺼지지 않도록 조심하며 섞어준다.

3   물기 없는 볼에 차가운 흰자를 넣고 설탕을 3번 나누어 넣어가
    며 단단한 머랭을 만든다.

4   윤기 나는 1의 반죽에 머랭을 2-3번에 나누어 골고루 섞는다.

5   시폰 틀 2개에 물을 분무기로 뿌리고 틀의 80퍼센트만큼 팬닝
    한다. 틀에 넣은 반죽을 젓가락으로 휘휘 저어 공기를 빼고 틀
    안 빈 부분에 반죽이 빈틈 없이 잘 들어가도록 틀째로 바닥으
    로 내리쳐준 후 160도로 예열된 오븐에 넣어 45분간 굽는다.

6   다 구워지면 뒤집어 식힌 뒤, 틀에 닿아 있는 부분을 틀과 잘
    분리해서 조심스럽게 꺼내준다.

7   생크림은 설탕과 꿀을 모두 넣은 뒤 원하는 되기의 크림이 될
    때까지 거품기로 저어준다. 틀에서 제거한 시폰 위에 원하는
    모양으로 크림을 올려준다. 하룻밤 숙성한 뒤 먹으면 맛있다.

클래식 과일 타르트

기본적인 것이 가장 중요하다. 맛있는 타르트지와 고소한 아몬드 크림, 맛있는 생과일의 삼박자는 맛이 없을 수가 없다. 어떤 음식이든 그렇겠지만 타르트는 특히 더 재료를 신경 써서 만들면 그 맛이 그대로 전해지는 메뉴다. 잇다제과에서는 이 타르트를 베이스로 위에 무스를 올릴 때도 있고, 커스터드 크림을 올릴 때도 있고, 가나슈♦를 올리기도 하면서 다양한 타르트들을 만들었다.

♦ 초콜릿과 크림을 섞어 만든 것으로 초콜릿 속 충전물이나 디저트의 아이싱으로 사용된다.

성공팁

버터는 수분이 함량이 낮은 제품을 사용하고 아몬드 가루는 특히 더 신경 써서 신선한 제품으로 만들어야 한다. 아몬드 크림을 만들 때는 달걀을 조금씩 넣어가며 분리되지 않게 하는 것이 중요하다. 분리된 크림으로 만들었을 때와 아닐 때의 맛과 풍미는 확실히 다르다.

🏺 지름 24cm 중간 높이 타르트 틀

⏱ 오븐 170도에 40-50분

재료

파트슈크레♦ 박력분 165g, 슈가파우더 50g, 소금 1꼬집, 버터 90g, 달걀노른자 25g

아몬드 크림 버터 45g, 설탕 45g, 달걀 45g, 아몬드 가루 45g, 럼 5g

기타 구운 아몬드 분태 30g, 과일 적당량, 나파주♦♦ 적당량, 원하는 크림 적당량

♦ 타르트 바닥으로 사용되는 바삭한 시트.

♦♦ 케이크나 과자의 표면에 바르는 젤리 같은 상태의 광택제.

만들기

1 버터를 포마드 상태로 만들어 소금과 슈가파우더를 넣고 매끈한 상태로 풀어준다.

2 달걀노른자를 넣어 섞고 완전히 유화되면 박력분을 넣어 한 덩어리로 뭉쳐준다.

3 반죽을 랩에 싸서 냉장고에 넣고 2-3시간 휴지시킨다.

4 깨끗한 볼에 버터를 넣고 부드럽게 풀어준다. 설탕을 넣은 뒤 충분히 휘핑한다.

5 달걀을 5-6번에 나누어 넣어 분리되지 않게 휘핑해준다.

6 마지막으로 아몬드 가루를 넣어서 매끈할 때까지 섞어준 뒤, 럼을 넣어 향을 더한다.

7 휴지시킨 타르트 반죽을 3mm 정도의 적당한 두께로 밀어 타르트 틀에 밀착시킨다.

8 밀착시킨 반죽 아래 면에 반죽이 부풀지 않도록 포크로 구멍을 낸 뒤 만들어진 반죽의 90퍼센트 양의 아몬드 크림을 넣어 평평하게 펴준다.

9 오븐에 넣어서 170도에 40-50분 정도 구워준다. 확인 후 덜 구워졌다면 3-5분씩 추가하며 완전히 구워준다.

10 오븐에 다시 넣기 전 남은 아몬드 크림을 위에 펴 바르고 구운 아몬드 분태를 올려 함께 굽는다. 블루베리나 라즈베리를 넣어

함께 구워도 맛이 좋다.

11 오븐에서 꺼내면 틀에서 분리하여 완전히 식히고 원하는 크림
을 올린 뒤 생과일을 올리고 나파주를 발라 마무리한다.

• PART 4 •

새로운 챕터를
시작하다

플라스틱 같은 케이크

그렇게 몇 년간 쉼 없이 가게를 운영하다가, 문득 그토록 정성을 쏟았던 잇다제과를 닫았다. 그 결정이 쉽지도 가볍지도 않았지만, 지금 이런 마음으로 계속 과자를 만들어도 괜찮을까 하는 생각을 반 년 이상 했다. 처음에는 내가 만든 것들을 좋아해주시는 분들이 있다는 사실에 감사한 마음뿐이었는데, 사업을 운영하다 보니 점점 현실적 문제들에 치여 처음의 즐거운 마음을 잊어버렸다. 무엇을 만들어도 기쁘지 않고 만족스럽지 못하고 하고 싶은 디저트가 점점 없어졌다. 그러면서도 당장 손님들의 기대에 부응해야 한다는 생각에 부담스러워 잠도 잘 못 이뤘다.

당장 내일부터도 일을 못 하겠다는 생각으로 매일 밤잠

을 설치게 되었을 때, 무엇을 위하여 이 일을 하는지를 몇 주간 골똘히 생각한 끝에 부모님께 더 이상 이 일을 하는 마음이 뚜렷하지 않다고 이야기를 했다. 사람 때문에 스트레스를 받고 부담감이 심해 내일 당장 무엇을 만들어도 기쁘게 만들어내지 못하겠다고 했다. 부모님은 처음에는 잘 이겨내 보자고 이야기하셨지만 점점 정신적으로 힘들어하는 나를 보기가 안쓰러우셨는지, 네가 좋아서 그 힘든 노동을 매일 하는 건데 그게 아니라면 조금 쉬었다가 해보는 게 좋겠다고 말씀해주셨다.

그동안 나도 모르게 몸과 마음이 많이 상했고 중심을 잃었다. 마지막 한 달간 힘들게 일을 하고 가게를 나가는 마지막 날에 장사를 모두 마치고도 눈물 한 방울 안 났다. 후련하지도 않고 서운하지도 않았다. 좋지도 않고 쉴 날이 기대되지도 않았다. 도대체 내가 왜 그렇게 힘들었는지, 가게를 왜 그만두려 했는지도 정확히 알 수 없었다. 문을 닫고도 몇 날 며칠 너무도 공허했다. 앞으로 무엇을 할지 보이지 않고 무슨 일을 해도 자신 있어 하던 나는 없어진 것 같았다. 그런 마음으로 내가 할 수 있는 거라곤 여행뿐이었다.

여기저기를 다니다가 이전부터 시간이 나면 꼭 가봐야지 했던 프로방스 지방을 여행하기로 했다. 특별한 계획도 없고, 꼭 가야 하는 곳도 없는 여행이었다. 나에겐 그런 시간이 필요했다. 프로방스를 다녀와서, 내가 왜 가게를 그만뒀고 무엇을 위해 앞으로 어떤 일을 해야 하며 어떤 디저트를 만들어야하는지 마음이 정리되었다.

본질이 흔들려서 그만두었다.

이게 무슨 말이냐면, 애초에 내가 왜 디저트를 만들었는가를 생각했을 때 그 목적이 흐려졌다는 뜻이다. 결론적으로 나보다 금전적 요소들을 앞서 생각해 작업을 계속했던 것이 문제였다.

나에게 돌아가고 싶은 과거가 있느냐고 묻는다면, 가게를 확장하기 이전으로 가고 싶다고 말하고 싶었다. 그 전과 후는 심적 부담의 양이 완전히 달라졌다. 원래보다 월세가 다섯 배 정도 비싼 곳으로 이전을 했고, 인테리어에 돈을 많이 썼으며 직원을 더 고용해야 했다.

그러면서 매일 매주 매달 새로운 메뉴로 손님들의 호기심을 자극해야 했고, 그 과정들이 정말 힘들었지만 그래도 마냥 행복한 듯 SNS에 떠들어야 했다.

당장 이번 달 매출로 가게에 필요한 기구를 사고 테스트를 하고 월세를 내고 직원들에게 월급을 줘야 하니, 정말 몸도 바빴지만 그보다 마음이 바빴다. 성수기에는 가게가 잘됐지만, 비수기에는 머릿속이 복잡했다. 손님들을 잡기 위해, 매년 파리에서 유행하는 디저트들을 배워 와서 풀어내야 했다. 그런 것들을 모두 견디다 보니 어느 날은 케이크를 만드는데, 마치 플라스틱을 만지는 것 같았다.

어떻게든 더 예쁘고 화려한 레시피로 쇼케이스를 채우려 했다. 그러다 보니 어느 순간 내가 원래 만들고 싶었던 디저트와 거리가 멀어져 있었다. 나는 마들렌 하나, 버터케이크 하나를 구워도 내가 즐거워 굽기를 바랐다. 그래야 맛있는 디저트를 자신 있게 내보일 수 있다고 믿었다.

가게를 이전하고 여러 학교나 학원 같은 곳에서 강의 문의가 들어왔다. 하지만 나는 그럴 만한 사람이 아님을 스스로 안다. 당장 내일 일도 감옥에 갇힌 수인처럼 해야 하는데, 내가 뭐라고 어린 학생들에게 이게 직업이고 삶이고 우리가 나가야 할 길이라고 말할 수 있을까 싶었다.

나는 누군가에게 선물하는 마음이 좋아 디저트를 시작했고, 그런 마음으로 누군가를 위해 케이크를 만들었을 때는 뭐든지 만족스럽고 즐거웠다. 이제 그런 마음은 100분의 1도 남지 않은 것 같았다. 심지어 나를 위한 케이크를 만들려는 마음도 들지 않았다. 그러니 그만두는 게 맞았다.

정말 내가 원하는 게 무엇이고 어떻게 가야 할지에 대해 다듬고 기다리고 다시 생각해야 했다.

이자벨의 방꿀 마들렌처럼

일을 그만두고, 어디로든 떠났다. 그만둔다고 해서 모든 걸 한순간에 끝낼 수 있는 것이 아니다. 가게가 나가기 전까지 월세며 전기세를 내야 했고 남은 세금도 많았다. 정리하기에 머리가 아팠다. 여행을 가면 전화도 안 되고 연락이 안 닿으니 말 그대로 현실 도피였다. 일본과 홍콩을 가고 제주도도 한 달간 다녀왔지만 마음은 다소 편안해져도 머릿속 생각이 정리가 되는 건 아니었다. 여전히 앞으로의 길은 그려지지 않았다.

프랑스 여행도 사실 출국 전날까지도 그냥 모든 걸 취소하고 싶었다. 목적 없는 파리행은 처음이라 그랬던 걸까. 하지만 약속되어 있는 프로방스 여행도 있고 해서 일단 출발은 했다. 역시 파리에 도착하고 나서도 컨디션이 나아지지 않았다. 뭘 보아도 즐겁지 않았고, 먹고 싶은 것도 없었다. 그냥 숙소에서 테라스를 바라보며 전날 사 온 디저트를 먹으며 시간을 보냈다.

여행을 다니기 시작하면서 영상을 만들어 유튜브에 올리던 것도 왠지 파리에서는 하기 싫어졌다. 그냥 이렇게 나에 대해 생각하기에도 시간이 부족했다.

그러다 하루는 니스, 이틀은 프로방스에서 보내기로 한 여행 날짜가 다가오고, 파리에서의 선생님 마담빠리 님과 함께 니스행 비행기를 탔다. 차를 빌려 곳곳을 돌아다니며 사진을 남기고 그 지역의 음식을 맛보았다.

니스의 바다는 아름다웠고 많은 사람들이 그 자체로 행복을 느끼는 표정으로 걷고 있었다. 항상 프로방스를 가고 싶다고 했었는데, 드디어 온 것이다. 프로방스에서는 산꼭대기에 있는 집을 빌렸다. 인상 좋은 집주인 이자벨이 우리를 맞아주었다. 한국 사람은 처음이라며 제과 일을 했다고 하니 자신이 만든 잼을 종류별로 갖다 주며 먹어보라고 했다. 모두 직접 재배한 과일들로 만든 잼이었는데, 맛이 무척 진했다.

이자벨은 정원을 가꾸며 숙소를 운영했다. 자신이 만든 것을 가져다줄 때마다, 또 그것에 대해 이야기를 할 때마다 눈이 행복감으로 반짝였다. 그 눈에서 과거의 내 모습을 보았다. 나도 이자벨처럼 과자를 만들 때, 다른 이들에게 그것을 주며 그에 관해 이야기를 나눌 때 그런 눈이었던 것 같다. 처음 제과를 시작했을 때, 처음이 아니더라도 가게를 그만두기 2년 전만 해도 그랬을 것이다.

마지막 날 아침에 직접 수확한 밤꿀을 설탕 대신 넣은 마들렌이 조식 디저트로 나왔다. 전혀 달지 않으면서도 풍미가 깊고 진했다.

"이 마들렌 정말 너무 맛있네요! 내 가족과 친구들에게 선물하고 싶을 정도의 맛이에요."

이렇게 말하니 이자벨은 너무너무 기뻐했다. 정말 기본적인 레시피로 만들었을 뿐인데 그렇게 말해주니 행복하다고 했다.

문득 같이 계시던 마담빠리 선생님이 말씀하셨다.

"잇다 님, 이곳에 와서 드는 생각이 있어요. 그동안 프로방스를 너무 좋아하고 다시 또 오고 싶고 그랬는데, 그런 기분이 든 것은 이곳이 프로방스기 때문인 것 같아요. 이렇게 자연 속에서 자연을 해치지 않고 살아가는 모습이, 그리고 그것으로 음식을 만들고 이야기를 하고 하는 모든 것이 프로방스 그 자체예요."

그 이야기가 내 마음 깊은 곳을 건드렸다. 한참을 숙소에

······················ 이자벨이 직접 만든 잼과 마들렌 ······················

서 내려다보이는 마을을 바라보면서 나도 모르게 생각에 잠겼다. 어느 순간 마음이 정리되었다.

"선생님 저는 사실 자연적인 디저트를 하고 싶어요. 색소도 안 넣고 화려하지 않지만 편하게 다가오는 디저트요. 이 자벨을 보고 확신을 가지게 됐어요. 전 어느 순간부터 겉모습에만 치중한 채 작업을 하고 있었던 것 같아요. 속으로는 회의감을 품고 있으면서도요.

어린아이가 마카롱을 베어 물었을 때 입가에 파란 색소가 묻어도 신경이 쓰이지 않는 것처럼 지나쳤어요. 물론 인체에 무해한 식용 색소지만 늘 신경이 쓰였거든요.

다음에 다시 가게를 열게 되면 당도 줄이고 단호박 가루나 쑥 가루 같은 것들로 색이 구분만 될 정도로 디저트를 만들어, 자신 있게 누구나 즐길 수 있다고 말하고 싶어요. 이게 제가 하고 싶은 것이었나 봐요."

그동안 가게에 대해서, 또 앞으로의 일에 대해서 아예 생각도 하고 싶지 않았는데, 프로방스의 시골집에 와서 이렇게 생각이 정리되다니 내가 생각해도 놀라웠다.

여행지에 가서 들른 가게들 가운데 늘 부러운 마음이 들고 다시 가고 싶은 마음이 들었던 제과점들이 있다. 어떤 곳이 특히 그랬는지 다시 생각해보면 결국 신선한 자연 재료를 사용하고 기본에 충실한 가게들이었다. 바로 내가 하고 싶었던 것과 같은 가게다. 색소를 쓰지 않고 메뉴 종류에 연연하지 않고 그때그때 맛있는 재료를 이용해 기본에 충실한 과자를 만드는 것.

처음에는 색색별로 내가 원하는 대로 만들 수 있는 디저트의 매력에 빠져 여기까지 왔다면, 이제는 원점으로 돌아가고 싶은 것이다. 그게 내가 생각한 답이고, 이 일을 오래할 수 있는 길이었다.

세상 어디에도 없는 디저트

여행에서 돌아온 뒤 그동안 궁금했고 배우고 싶었던 궁중 병과를 배우러 다니기 시작했다. 떡을 만들어 팔아야겠다는 생각 때문이 아니라 우리는 전통적으로 우리 재료를 어떻게 사용했을까 하는 궁금증 때문이었다. 단맛은 어떻게 내는지, 한과의 바삭함은 어떻게 만드는지 같은 지식을 알면 우리의 식재료를 더 맛있게 디저트에 접목할 수 있으리란 생각이 들었다.

떡을 자주 만들어 먹고 많이 만들어 선물하는 것도 좋아하시는 엄마와 함께 단기 떡 과정을 들었는데 그 과정이 무척 좋았다. 좀 더 잘하고 전문적으로 배우고 싶다는 생각에 전문 과정 떡반과 한과반 수업을 반 년씩 들었다.

우리의 재료에 더욱더 관심이 가기 시작한 데는 아무래도 프로방스에서의 경험이 큰 영향을 미친 것 같다. 그들이 자기 동네 자기 집 앞 화단에서 생산해낸 식재료로 음식을 만들고 그것을 나눠 먹는 모습, 그 장면이 눈에 선하고 그때 먹었던 진한 맛이 잊히지 않았다.

그동안 왜 나는 서양의 재료에만 집중했을까. 시칠리아산 피스타치오 페이스트, 몽블랑에는 프랑스산 밤 페이스트를 넣어야 하고, 빵도 프랑스산 밀가루로 만드는 것이 좋으니 프랑스산 밀가루도 사용해야지, 이런 생각으로 지난 5년간 가게를 운영했다. 그런 생각이 틀린 것은 아니다. 몽블랑은 프랑스에서 온 디저트이기 때문에 그 재료를 사용하는 것이 더 본토의 맛에 가깝고, 크루아상이나 바게트도 그렇다.

하지만 약간 다르게 생각해보자 싶었다. 그들 역시 그 재료가 자신들 가까이에 있었기 때문에 그 재료로 음식을 만들었을 것이다. 반드시 써야 하는 재료고 한국에서 생산이 안 되는 재료라면 어쩔 수 없지만, 나는 '본토와 비슷한' 맛이 아닌 우리나라에서만 먹을 수 있는 디저트를 만들고 싶었다. 그래서 이 수업을 더 열심히 재밌게 들었다.

수업을 듣기만 해서는 완전히 내 것으로 만들기 힘들기에, 연구원을 가지 않는 날에는 항상 부모님 가게에서 떡을

만들었다. 배운 것과 조금씩 차이를 줘가며 새롭게 만들어
보기도 하고, 쌀가루로도 케이크를 만들어보는 등 그렇게
조금씩 연구했다. 특히 찹쌀떡에 흥미가 많이 생겨 찹쌀떡
과 우리나라의 재료를 넣은 케이크와 과자를 중심으로 여
러 메뉴들을 만들어보았다.

난생처음 엿기름을 길러 조청도 만들어봤다. 조청은 몸
에 좋다는 것만 알았지 이렇게 오랫동안 정성을 쏟아야 하
는지 몰랐다. 겉보리를 3-4일간 싹 틔워 말린 뒤, 그 엿기름
을 사용해서 곡물을 당화시켜 단맛을 최대한 이끌어 낸다.
그 당화된 엿기름물을 끓인 것이 조청이다. 이것을 더 끓이
면 엿이 된다.

쌀 6킬로그램을 사용해서 조청을 만들고 보니 얼마 되지 않아 너무도 허무했는데, 그 맛을 보고 기분이 금세 좋아졌다. 이건 약이라며 나도 엄마도 한 스푼씩 먹어보고 감탄했다. 곡물의 단맛으로 설탕 대신 사용할 수 있다는 것이 신기했다. 그러면서 이걸 잘 응용해서 건강한 디저트를 만들고 싶다는 생각을 했다.

요즘은 조청에 인위적인 효소를 넣어 만드는 경우가 많기 때문에 사용을 하게 된다면 100퍼센트 쌀로만 만드는 곳을 알아보고 사용해야 했다. 지금 우리 제품에는 당시 조청을 처음 배웠던 화성한과에서 납품하는 한살림 조청을 사용하고 있다. 100퍼센트 맵쌀로만 만들어지고 제조 과정까지 다 사진으로 볼 수 있었던 수업이라 믿고 주문한다.

잇다제과, 새로운 시작

2018년 말 새 가게를 구했다. 이전보다 더 들어오기 힘든 위치다. 집 근처에 국립수목원이 있다. 그곳으로 가는 길에는 광릉숲이 울창한데, 그 길에 있는 동네다. 바로 옆에는 봉선사가 있고 광릉수목원까지 걷는 숲길이 나 있다.

위치 자체는 외지지만 손님들이 오셔서 근처에서 맛있는 식사를 하시고 디저트를 먹으러 잇다제과에 왔다가 수목원까지 걸어 다녀가기에 좋은 곳이다. 대중교통으로는 오기 힘든 곳이라 주차장이라도 있었으면 좋겠다 싶었는데, 다행히도 가게 앞에 주차장이 있다. 눈이 많이 오거나 봉선사에 행사라도 있는 날이면 어쩌면 그날은 가게를 운영하는 데 어려움이 있을지도 모를 듯했지만 일단은 편안한 장소

이기에 좀 더 느긋한 마음으로 시작하자고 부모님과 상의하고 결정했다.

어렸을 때는 이 좁고 외진 동네가 지긋지긋하고 벗어나고 싶었던 적도 있다. 하지만 이곳에서 태어나 이곳에서 대학교도 통학하고 첫 장사를 시작해서 그런지 어느새 동네에 대한 애정이 깊어졌다. 다른 곳을 나갔다 들어와도 이 근처만 오면 숨이 가뻐지는 느낌이 든다. 수목원이 근처에 있어 종종 산책을 갈 수도 있고, 바로 옆에 봉선사가 있어 마음 또한 편해서 좋다.

이번에는 인테리어 업자를 따로 두지 않고 하나둘 천천히 준비했다. 전체적으로 밝은 스튜디오 분위기로 가고 창은 통창으로 빛이 가득 들어오게 만들었다. 1층은 작업장과 매장이며, 2층은 개인 작업을 하거나 업무를 처리하는 사무실이다. 매장 한구석에는 손님들이 간단히 드시고 갈 수 있는 바테이블을 두었다. 저번 가게에서 스트레스가 가득했던 화장실도 널찍하게 만들었다.

역시나 테이크아웃 전문점이고 바테이블을 두 개 두어서 혹시 드시고 가고 싶어 하는 손님이 계시면 접시에 담아드리고 있다. 아직 원래 만들고 싶던 식혜나 수정과까지는 메뉴로 못 내놓고 있지만 언젠가 가게가 안정되고 여유가 생기면 디저트와 함께 어엿한 메뉴로 판매하고 싶다.

가게에서 판매할 제품이 '한국적 디저트'로 많이 바뀔 것 같아서 조금 욕심내어 한자를 사용한 로고를 만들어 동양적인 느낌을 강하게 내볼까 고민했지만, '한국적이라는 것은 한글을 사용해야 하잖아?'라고 바로 깨달아버렸다.

결론은 원래대로 '잇다제과'로 났다. 그래야 원래 잇다제과를 그리워하셨던 분들도 잇다제과라는 이름만 들어도 그때 그곳이라고 생각할 수 있을 테니. 간판은 이전에도 없었고 제일 처음 가게를 할 때에도 없었는데, 이번 가게 또한 손님들이 알아볼 수 있는 작은 로고만 부착했다.

처음에는 떡과 제과를 어떻게 같이 할까 하는 고민을 많이 했는데, 지금은 그래도 어느 정도 만드는 시간이나 재료 준비 시간 같은 것들이 정리되어 무리 없이 만들어내고 있다. 여름이 되기 전에는 찹쌀떡을 판매했고, 계절에 따라 증편과 앙금증편, 그리고 새로운 재료가 들어간 설기도 준비해 판매하고 있다. 떡은 엄마가 맡아서 만들고 계신다. 덕분에 나는 다른 작업에 집중을 더 할 수 있어 다행이다.

꿀 마들렌

가게를 그만두고 한동안 무기력증으로 아무것도 하고 싶지 않았다. 그러던 중 여행을 간 프로방스에서 묵었던 숙소의 친절한 주인 이자벨 덕분에 내가 하고 싶은 케이크와 과자가 무엇인지 깨달았다. 그때 이자벨이 알려준 레시피를 조금 변형해서 재료의 맛이 그대로 전해지는 레시피로 만들었다.

조식에 나왔던 꿀 마들렌. 이자벨은 설탕 대신 직접 수확한 밤꿀을 넣었다고 했다. 단맛이 거의 없고 고소한 맛이 많이 나서 빵을 먹듯 잼이나 버터를 발라 먹었는데 그 맛이 생소하면서도 재밌었다.

아래 레시피는 그곳에서 먹었던 마들렌보다 조금은 달고 상큼하게 바꿔 디저트스럽게 구웠지만, 확실히 시중에서 접하는 마들렌과는 다른 맛이다.

성공팁
아몬드 가루가 많이 들어가는 레시피라 아몬드의 신선도가 중요하고, 묵직한 밤꿀을 사용하는 것을 추천한다. 수분이 많아지면 예쁜 배꼽 모양이 나오기 어렵다.

🏺 기본 마들렌 25개 분량

🕙 오븐 180도 10분

재료

달걀(전란) 300g, 설탕 30g, 밤꿀 100g, 아몬드 가루 80g, 박력분 120g,

베이킹파우더 10g, 녹인 버터 100g, 레몬 제스트 2개분

만들기

1 전란에 꿀과 설탕을 넣어 골고루 섞어준다.

2 가루류(설탕, 아몬드 가루, 밀가루, 베이킹파우더)를 모두 체에 쳐서 섞어준 뒤, 버터를 녹여 50도로 맞춘 뒤 반죽에 넣는다.

3 레몬 제스트◆를 마지막에 섞어주면 반죽 완성.

   ◆ 레몬제스트는 시판용을 사용해도 되고, 좀 더 신선한 맛을 원하면 생레몬을 소금, 식초, 베이킹 소다로 깨끗이 세척한 후 껍질을 제스트용 칼로 깎아 써도 된다.

4 180도로 예열된 오븐에서 10분간 구워준다.

살구 파운드케이크

이자벨이 오렌지 마멀레이드를 만들어 넣은 진한 아몬드 파운드를 구워 선물해주었는데, 그 맛이 진하고 달콤해 잊을 수가 없다. 다른 마멀레이드나 달지 않은 잼을 넣어도 무척 맛있겠다는 생각이 들었다. 그래서 살구철에 살구에 레몬을 듬뿍 넣어 잼을 만든 뒤, 그 잼을 반죽과 함께 구워주었다. 달콤하고 고소해서 여름에도 손이 자주 가는 디저트다.

성공팁
수분이 적은 과일이라면 무엇으로든 응용이 가능할 것이다. 모든 구움 과자는 반죽이 분리되지 않게 공정을 천천히 이어가는 것이 중요하다.

🍽 1개 분량

🕐 160도 오븐 1시간

재료

살구레몬잼 살구 300g, 레몬 제스트 1개분, 레몬즙 1개분, 설탕 150g

버터 125g, 꿀 60g, 설탕 60g, 달걀 180g, 밀가루 120g, 아몬드 가루 85g,

베이킹파우더 12g, 살구레몬잼 300g

1 살구레몬잼을 전날 먼저 만들어둔다. 살구 씨를 빼고 레몬 제스트와 레몬즙, 설탕을 모두 넣고 센불로 끓이다가 거품이 올라오고 끓기 시작하면 중불로 줄여 꾸덕해질 때까지 끓인다.

2 부드러운 버터를 볼에 풀고 꿀과 설탕을 넣은 뒤 하얗게 휘핑한다.

3 달걀을 3-4차례 나누어 넣어가며 분리되지 않게 섞는다.

4 가루류(밀가루, 아몬드 가루, 베이킹파우더)를 체 쳐서 넣고 잘 섞어준다.

5 전날 만들어둔 살구레몬잼을 넣고 잘 섞어준다.

6 파운드 틀에 80퍼센트 정도 차도록 팬닝해서 160도에 1시간가량 구워준다.

7 잘 구워진 파운드케이크는 상온에서 5-7일 사이에 먹는다.

에필로그

한창 오래 작업실을 꾸려갈 것이라고 자신 있게 생각했을 때 이 글을 시작했으며, 당장 내일만 바라보며 언제 그만둬도 후회 없이 임하자라는 마음의 지금까지 이 글을 썼다.

얼마 전 어떤 손님이 오셔서 다정한 말투로 내게 물어보셨다.

"요즘은 마음이 어떠세요?"

손님과의 대화라고 해봐야 늘 마카롱과 케이크만 설명하고 앞으로 나올 메뉴를 이야기하는 정도였는데, 내 마음을 물어보신 분은 처음이었다. 마음속에는 설명할 수 없는 온갖 이야기가 있었다. 그렇다고 손님께 그런 이야기들을 다 풀어놓을 수 없어 그저 "편안해요"라고 웃으며 대답하고 말았다.

가게를 새로 시작하면서 무엇보다 내가 행복해지기 위해 다시 이 길을 걷기로 했으니 나를 학대하지 말자, 나를 아끼며 일하자라고 다짐했지만 제과 작업이라는 게 소꿉장난 같은 귀여운 일이 아니고 정말 온몸이 부서져라 일해야 하는 중노동이다. 힘들단 말조차 입 밖으로 나오지 않을 정도로 지쳐 퇴근하지만 또 내일 아침이 되면 가게에서 아무렇지 않게 작업을 하고, 전날 힘들었던 몸은 잠시 머릿속에서 잊힐 것이다. 그렇게 매주 매달을 일하고 있다. 오래 일하고 싶은데, 가게 매출과 운영을 생각하면 쉬엄쉬엄 할 수도 없다. 그래도 케이크가 잘 나가는 것을 보고, 또 손님께 맛있다는 이야기를 들으면 그 에너지로 또 반죽을 하고 케이크와 과자를 굽는다.

겉으로 보기에는 문도 며칠 안 여니 편하겠다. 혹은 예쁜 것을 만들고 찍어 SNS에 올리고, 여행도 자주 다니니 얼마나 행복할까 생각할 수 있다. 하지만 밖에서만 봤을 때는 어떤 사람의 본모습을 제대로 알기 어렵다.

처음 마카롱을 봤을 때 나 역시 그런 오해를 했다. 겉모습만 보고 이 작은 게 왜 그렇게 비싼 건가 못마땅했다. 그냥 겉으로만 예쁘게 꾸미는 과자 아니야? 하고 선입견을 가졌었다. 하지만 막상 직접 만들어보자, 얼마나 많은 노동과 비용이 들어가야 그 작고 예쁜 과자가 만들어지는지 깨닫게 되었다.

섬세한 작업을 요하는 과자라 생각지 못한 작은 요소에도 흔들리고, 어떤 때는 완전히 다 버려버리는 경우도 있다. 하지만 그런 최악의 상황이 닥치더라도 또다시 처음으로 돌아가 본래의 맛과 모습을 만들어내 쇼케이스에 진열하고야 만다.

우리의 하루하루도 어쩌면 마카롱을 만드는 과정과 비슷한 것 같다. 공부를 할 때, 일을 할 때, 사람을 만날 때 모두 많은 에너지와 노력이 필요하지만, 언제나 그 과정이 순조롭지만은 않다. 또 오늘은 성공적으로 완성을 해도 언제 또다시 불안해질지 모르는 시간들이 계속 밀려온다. 그럼에도 한 가지 확실한 것은, 그렇게 힘들고 어려운 시간 속에서도 정확한 계량과 시간, 노력을 들이면 다시 달콤한 마카롱을 마주하게 되리란 기대다.

오늘도 나의 결과물을 마주하기 위해 작업을 시작한다.

이 책에 실린 디저트 사진

인생은 마카롱처럼

초판 1쇄 발행 | 2019년 7월 10일

지은이 | 주한주
펴낸이 | 조미현
편집주간 | 김현림
책임편집 | 김호주
디자인 | 정은영

펴낸곳 | (주)현암사
등록 | 1951년 12월 24일 · 제10-126호
주소 | 04029 서울시 마포구 동교로12안길 35
전화 | 02-365-5051
팩스 | 02-313-2729
전자우편 | editor@hyeonamsa.com
홈페이지 | www.hyeonamsa.com
ISBN 978-89-323-1995-7 (03810)